FRAGMENTOS DE UM BRASIL CONTEMPORÂNEO

FRAGMENTOS DE UM BRASIL CONTEMPORÂNEO

Cid Benjamin

MINOTAURO

FRAGMENTOS DE UM BRASIL CONTEMPORÂNEO

AUTOR: Cid Benjamin

DIRETOR DA ALMEDINA BRASIL: Rodrigo Mentz
EDITOR: Deonísio da Silva
ASSISTENTES EDITORIAIS: Mary Ellen Camarinho Terroni
Michele Roberta Rosa e Silva
ASSISTENTE DE PRODUÇÃO: Letícia Gabriella Batista
ESTAGIÁRIA DE PRODUÇÃO: Laura Roberti

REVISÃO: Daboit Textos
CONCEPÇÃO GRÁFICA: Eduardo Faria/Officio

ISBN: 9788563920614

Junho, 2023

Dados Internacionais de Catalogação na Publicação (CIP)
(Câmara Brasileira do Livro, SP, Brasil)

Benjamin, Cid
Fragmentos de um Brasil contemporâneo / Cid Benjamin. -- São Paulo : Minotauro, 2023.

ISBN 978-85-63920-61-4

1. Artigos jornalísticos - Coletâneas 2. Cotidiano 3. Democracia 4. Jornalismo político 5. Notícias jornalísticas I. Título.

23-172889 CDD-070.442

Índices para catálogo sistemático:

1. Romances : Literatura brasileira B869.3
Eliane de Freitas Leite - Bibliotecária - CRB 8/8415

Este livro segue as regras do novo Acordo Ortográfico da Língua Portuguesa (1990).

EDITORA: Almedina Brasil
Rua José Maria Lisboa, 860, Conj.131 e 132, Jardim Paulista
01423-001 São Paulo | Brasil

www.almedina.com.br

APRESENTAÇÃO

ESTA COLETÂNEA REÚNE TEXTOS publicados em diferentes veículos – revistas ou jornais impressos ou na internet. A maior parte deles acompanhou o desenvolvimento da situação brasileira, abordando temas do cotidiano. Quase todos são relativamente recentes. Apenas dois são um pouco mais antigos: um de 2013 e outro de 2014. E, por fim, há ainda o relato de uma história ocorrida pouco antes da anistia, em meados de 1979.

Além de textos de acompanhamento da conjuntura, há, também, alguns de outra natureza. Mas, de alguma forma, seja pelos seus personagens, seja pelos assuntos abordados, eles ajudam a conformar um quadro do que se passou no Brasil nestes últimos anos.

Caso tivesse me proposto a reescrever todos esses artigos ao selecioná-los e prepará-los para este livro, haveria uma ou outra mudança. Algo teria sido dito de forma diferente. Mas preferi não fazer maiores alterações, até porque, no essencial, eles continuam retratando o que penso. Fiz apenas um ou outro ajuste que não modificou substancialmente o que tinha sido escrito antes.

Na coletânea vêm em primeiro lugar os mais recentes, escritos já no atual governo, o terceiro de Lula, iniciado em 2023, e, em seguida, os redigidos em anos anteriores – tanto no governo Jair Bolsonaro, como antes dele.

Espero com estas reflexões contribuir na busca de rumos para um país mais democrático e mais justo socialmente.

Bom proveito.

CID BENJAMIN

PREFÁCIO

JORNALISTAS POLÍTICOS COSTUMAM recorrer em seus artigos a frases de gente graúda: presidentes da República, líderes da oposição, chefes das duas casas do Congresso ou ministros do Supremo Tribunal Federal. Quando deixam a Praça dos Três Poderes, no máximo replicam teses de cientistas políticos, sociólogos, historiadores ou economistas.

Se você espera encontrar algo semelhante neste livro, que se debruça principalmente sobre os desastrosos anos dos desgovernos de Temer e Bolsonaro, pode tirar o cavalinho da chuva. Aqui quem faz diagnósticos demolidores e expõe crimes contra o país, não usa terno e gravata. Tampouco farda ou toga. Quem tem a palavra neste livro – além de Cid Benjamin, é claro – é o povo simples, que, com sotaque e jeitinho carioca, fala em tom de brincadeira e com irreverência sobre coisas muito sérias.

São sambistas, compositores, jogadores de futebol, donos de bar, humoristas, malandros da noite, militantes de base. Gente como Bezerra da Silva, Alfredinho do bar Bip-Bip, Mestre Marçal, Barão de Itararé, Stanislaw Ponte Preta e Cléber Negão. Gente refinada no conteúdo e criativa na forma.

Cleber Negão, segundo Cid, "é um daqueles malandros cariocas que, quando a gente pensa que estão em extinção, quebra a cara porque eles são a mais perfeita expressão da sabedoria popular. E logo dão de novo o ar de sua graça".

O que ele disse em 2019 sobre a reforma da Previdência: "Estão ferrando os pobres e tem gente que não vê. Fazer o quê? Capim e babaca nascem em qualquer lugar."

Qual foi sua análise sobre a política de armas criminosa posta em prática por Bolsonaro? "Tem babaca que se diz colecionador e tem mais de 50 armas em casa. Isso é pra defesa pessoal? Conta outra".

Completa Cid: "E, rindo, (Negão) repete a história de 'um cara cheio de marra' que, há alguns anos, em Vila Isabel, diante de dois pivetes armados, entregou sem piscar a moto e a pistola que tinha consigo. 'Sabe o nome da peça? Jair Bolsonaro'".

Vai na mesma batida Mestre Marçal, grande compositor e ex-diretor de bateria da Portela, que já se foi deste mundo, mas continua nos iluminando. Sempre desconfiou dos políticos que dizem defender os pobres, mas vivem cortejando os ricos: "Eu sou mais meu chinelo de dedo do que cromo alemão apertado". Até hoje tem gente que acha que para resolver o drama da periferia primeiro precisa pedir a benção à Faria Lima. Vê se pode ...

Entra em campo o Barão de Itararé. Perseguido durante anos por valentões que só eram valentões quando estavam armados ou agindo em grupo, o humorista dizia que eles não passavam de tambores: "Fazem muito barulho, mas são vazios por dentro". Não lembra a turma de bolsonaristas que tentou dar o golpe no dia 8 de janeiro de 2023?

É assim, em clima de conversa de botequim, roda de samba ou papo de futebol, mas sempre com uma análise aguda apoiada em fatos e na vida das pessoas, que Cid passa em revista os últimos anos da política brasileira. Mostra que o impeachment da presidente Dilma Roussef não passou de um golpe midiático-parlamentar comandado no Congresso por duas figuras que dispensam apresentações: Aécio Neves e Eduardo Cunha.

Desnuda as perseguições contra Lula, sua prisão por 580 dias por "fatos indeterminados" e a interdição de sua candidatura a presidente em 2018, um processo de perseguição conduzido pela Lava Jato e reverberado diariamente pela mídia, que criminalizou a política e desembocou na vitória de Bolsonaro, com o apoio e a torcida dos grandes grupos de comunicação.

Quem não se lembra do editorial do "Estadão" dizendo que o segundo turno entre Bolsonaro e Haddad era uma escolha difícil? Ou, ainda, das palavras de Luciano Huck endossando nas entrelinhas a candidatura do capitão contra Fernando Haddad: "No PT eu jamais votei e nunca vou votar, isso é fato. O Bolsonaro, de novo ... Levantei os problemas e acho que as pessoas podem, sim, amadurecer. É o que estou falando. Ele tem uma chance de ouro de ressignificar a política no Brasil. Vamos ver. Vamos aguardar".

Evidentemente, o animador de auditório das Organizações Globo, que quase foi lançado candidato ao Palácio do Planalto, não estava falando apenas por si próprio. Para ele e seus maiorais, a escolha podia ser difícil, mas existia: tudo menos o PT – até Bolsonaro. E assim passaram pano, destruíram a política, alimentaram o fascismo, afundaram o país. Deu no que deu. Como diria Silvio Santos, toparam tudo por dinheiro.

E o governo Bolsonaro? Em dezenas de artigos sobre os quatro anos de trevas e ódio, Cid, com indignação e talento, faz a crônica dos ataques à democracia, aos direitos humanos, à legislação trabalhista, ao meio ambiente, à saúde, à educação, à civilização enfim.

O diagnóstico de Cid sobre o governo Bolsonaro é preciso: "No fundo, Bolsonaro e sua gente têm vergonha do Brasil real. Gostariam de ser norte-americanos. Não à toa o vice-presidente Hamilton Mourão referiu-se à 'malandragem' do negro e à 'preguiça' do índio como duas características do povo brasileiro. Fique claro que as duas expressões 'malandragem' e 'preguiça' foram usadas no sentido negativo".

Alguma surpresa? Quem não se lembra do capitão com lágrimas nos olhos batendo continência para a bandeira norte-americana?

A verdade é que, com raras exceções, os poderosos no Brasil não conhecem o Brasil e muito menos os brasileiros. Durante séculos, governaram o país só para um terço da população. E os outros dois terços? Que se virassem. Para os donos do poder e do dinheiro, o povo sempre foi um problema, um estorvo. Não cabia no orçamento e não cabia no Brasil. Quando muito, deveria viver nas senzalas e favelas, embaixo do tapete ou dentro das prisões. Depois diziam que o brasileiro tinha complexo de vira-latas. Que alguém experimente deixar um cachorrinho de madame três ou quatro dias sem comer para depois soltá-lo nas ruas. Em poucos minutos, ele estará virando latas de lixo. A vida é dura para quem tem fome.

Os governos progressistas do início do século XXI desmontaram essa cantilena de que o povo não cabia no Brasil.

Apesar de seus erros, limitações e tropeços, mostraram que a exclusão social não era algo inevitável, mas fruto das escolhas políticas dos donos do poder. Mostraram o absurdo da tese de que o povo não cabia no país. Deixaram claro que o povo não só cabe no Brasil, como é uma grande riqueza e um patrimônio extraordinário. Sem ele, não se constrói um país forte, próspero e com futuro. Com ele, o Brasil progride, torna-se mais justo e pode ser mais rico e mais respeitado no mundo.

Mas quem disse que os donos históricos do poder são capazes de entender essa verdade? Quem disse que eles aceitam que o povo faça as escolhas e determine nas urnas os rumos do país? Não aprenderam com o golpe militar de 1964. Não parecem ter aprendido com o golpe de 2016. Tampouco com o desastre anunciado que era o governo Bolsonaro.

As Organizações Globo levaram 50 anos para fazer uma tímida autocrítica de seu apoio entusiástico ao golpe de 64. Quando tempo levarão para admitirem que erraram em toda a linha ao subir na garupa do cavalo do capitão, achando que iriam domá-lo para, junto com ele, "ressignificar a política"? Não creio que isso aconteça tão cedo.

Porque, como diz Cid Benjamin, recorrendo a um provérbio que se diz no Chile, país onde esteve exilado: "Del ridículo, no hay vuelta".

Ou como dizem os espanhóis: "Criate cuervos y te sacarán los ojos".

Ou, ainda, como dizemos nós, brasileiros, e tanta gente pelo mundo afora: "O maior cego é aquele que não quer ver".

FRANKLIN MARTINS

O almanaque de Cid Benjamin

PARABÉNS! VOCÊ TEM EM MÃOS o melhor produto do mercado, que apresenta tecnologia de última geração e desempenho superior ao de qualquer similar.

O lugar-comum encontrado em quase todos os manuais de celulares, tablets, laptops e outras engenhocas da modernidade pode muito bem ser adaptado – com mais criatividade – para comentar este livro de Cid Benjamin. Autor do espetacular Gracias a la vida (José Olympio, 2014), autobiografia em ritmo de grande reportagem, no qual conhecemos não apenas uma existência que vai das históricas mobilizações estudantis de 1968 às campanhas democráticas de um passado recente, passando por luta armada, clandestinidade, prisão e pela dramaticidade de uma década de exílio, Cid volta à carga em outro estilo. São reflexões e comentários curtos, alguns quase telegráficos, publicados em variados meios e que compõem uma espécie de Brasil aos pedaços.

Sem abdicar de furiosa indignação cidadã, nosso autor produziu em verdade um almanaque. Febre editorial por mais de um século, desde os tempos do Império, os almanaques ofereciam um pouco de quase tudo ao distinto público, com temas que subiam e desciam do céu ao inferno a cada virada de página. Como define o Aurélio, almanaque é uma "publicação que, além de um calendário completo, contém matéria recreativa, humorística, científica, literária e informativa".

Está tudo aqui! O calendário de Cid é o tempo político recente, em especial dos tenebrosos anos Bolsonaro ao início do governo Lula 3. A senhora e o senhor verificarão também que outros predicados são oferecidos com a rara capacidade de tratar temas intrincados em língua de gente e produzir refinadas análises sem pedantismos ocos. Algumas narrativas não raro nos levam às gargalhadas e outras dão nós na garganta. A sensibilidade de Cid Benjamin provém de vivências perigosas, vasta cultura, honestidade intelectual e coerência militante.

Tenho o supremo privilégio de ser seu amigo. Com humor invencível, ele repete sem parar: "Elogio de amigo não vale".

Lorota. Esta antologia merece aplausos – elogios, encômios, exaltações, vivas, louvores, júbilos, regozijos e o que mais a língua portuguesa nos oferecer à guisa de gáudio - entusiasmados. E, de quebra, há o espírito do almanaque: a qualidade maior está na variedade de temas plasmados nas páginas que se seguem.

Leitor amigo, não duvide. As boas casas do ramo têm poucos similares com tanta qualidade a oferecer!

GILBERTO MARINGONI
Professor de Relações Internacionais da UFABC

CONTÉM

E MAIS:

Da série historinhas dos anos de chumbo.

Ou o veado morre, ou a onça passa fome

É SABIDO QUE QUEM DEFINE os termos em que é travada uma discussão está a meio caminho de vencê-la.

É sabido, também, que o Brasil tem um dos piores perfis de distribuição de renda em todo o mundo. Chega a ser pornográfica a nossa gigantesca exclusão social.

E é sabido, ainda, que uma das formas com que se pode enfrentar essa chaga é uma reforma tributária – ou seja, o redesenho da arrecadação de impostos, de forma a cobrar mais dos ricos, não deixando para os pobres e remediados as maiores parcelas do que é arrecadado.

Pois bem. a equipe econômica do governo Lula tem anunciado que, em breve, mandará ao Congresso uma proposta de reforma tributária. Seria algo positivo. Afinal, há décadas se reconhece que esta é uma necessidade.

Mas estranhei quando soube que a proposta de reforma do ministro Fernando Haddad estava sendo elogiada pelo Centrão, pelo sistema financeiro e por Artur Lira. Desconfiei que algo estava errado. Mas, logo, compreendi as coisas. A proposta não era exatamente de uma reforma tributária; era apenas de algumas simplificações na forma de cobrança de impostos, tornando-a mais racional. Não mudava substancialmente nada e muito menos mexia com privilégios dos ricos. A expressão "reforma tributária" – que, a rigor, é um assunto, um tema, e não exatamente uma proposta específica – estava sendo usado de forma imprecisa.

De qualquer forma, esta é uma questão que vai estar mais presente na ordem do dia. E precisa estar.

O desempenho de Lula em suas recentes viagens ao exterior tem lhe trazido merecidos elogios e um aumento de prestígio. Seus discursos em Paris foram admiráveis. E, sem dúvida, ajudam a construir defesas contra eventuais tentativas golpistas no País ou contra tentativas de emparedamento por parte da direita que controla a maioria do Congresso.

É indiscutível que o presidente brasileiro é, hoje, uma das personalidades mais respeitadas no mundo. Isso é muito bom. Seria preciso aproveitar a situação para avançar o quanto for possível. O redesenho em muitos aspectos da cobrança de impostos no País é um dos terrenos em que se pode fazer isso.

Mas a proposta de "reforma tributária" de Haddad - que merece ser escrita assim mesmo, entre aspas - não faz isso. Continua com a ênfase na taxação do consumo, e não na propriedade e na renda. Ao manter indireta a maior parte dos tributos, não modifica um princípio que prejudica os pobres, de forma que estes acabam pagando proporcionalmente mais impostos do que os ricos. Um milionário e um miserável pagam o mesmo imposto na garrafa de água que consomem. E isso vale para os demais produtos comprados.

Precisamos de uma reforma que modifique a distribuição da carga fiscal, afrouxando a situação para as camadas de baixa renda. Não se trata de onerar a classe média, que é quem mais paga Imposto de Renda, mas de mudar o perfil dos contribuintes, hoje profundamente marcado por desigualdades. Assim, os bancos, apesar de seus lucros fabulosos, pagam percentualmente menos do que os assalariados de classe média.

Outra coisa: a proposta de Haddad não taxa as grandes fortunas (o que já está até mesmo na Constituição, embora não seja aplicado por não ter sido regulamentado).

Tampouco aumenta a cobrança de impostos sobre grandes heranças (e isso existe até nos Estados Unidos, não é coisa de esquerdista). No Brasil esse imposto é irrisório.

Mantém a isenção para lucros e dividendos, uma forma descarada de favorecer os tubarões, que, ao contrário da classe média, se aproveitam dela para receber integralmente seus proventos e não pagar impostos sobre o que ganham.

Não muda radicalmente a tabela de Imposto de Renda das pessoas físicas, o que faz uma grande parcela da classe média pagar a mesma alíquota dos assalariados super-ricos.

Há, ainda, outros exemplos que chegam a ser caricaturais. Vejamos alguns.

O dono de um carro, mesmo de um modelo popular, paga o Imposto sobre Veículos Automotores (IPVA). Muito justo. Mas se, em vez de carro, o cidadão tiver um iate, um jet-ski ou um jatinho, estará isento do IPVA, embora esses veículos sejam também automotores. É um escárnio.

O dono de um imóvel urbano, paga todo ano o IPTU (Imposto sobre Propriedade Territorial Urbana). Também muito justo. O montante é calculado pela prefeitura a partir do valor venal da propriedade. Mas se o imóvel for rural, e não urbano, o ITR (Imposto Territorial Rural, o equivalente ao IPTU no campo) é baseado numa declaração do valor feita pelo proprietário. Naturalmente, os donos das terras subestimam seu valor para pagar menos imposto.

Espantoso, não?

Mas, se o leitor está abismado, prepare-se. Se aquela terra for desapropriada legalmente para fins de reforma agrária ou outra destinação qualquer, a indenização não será equivalente ao valor declarado pelo proprietário ao pagar imposto. É feita uma avaliação independente para se saber o valor de mercado da terra e, a partir dele, o proprietário é indenizado por esse valor.

É isso mesmo. Há um valor na hora de pagar imposto. Outro, na de receber indenização.

Não há imposto progressivo sobre áreas rurais improdutivas, de forma a desestimular que permaneçam inaproveitadas.

Alguém dirá que a maioria reacionária do Congresso não vai aceitar mudanças sobre estes e outros pontos. Mas, será que um governo progressista só deve propor o que, de antemão, sabe que será aceito pela direita e pelo Centrão?

Será que questões como as levantadas acima não podem ser levadas para a sociedade?

Será que Lula não pode, em algum momento, informar e levar para a opinião pública - inclusive usando mecanismo legais de que dispõe, como cadeia de rádio e TV - suas propostas?

Por que não fazer isso, tornando possíveis mudanças maiores do que as que deseja a direita? Ora, o exercício da política pressupõe conflitos. E, nele, muitas vezes, é necessário desagradar alguém. Não vai dar para que sempre todos fiquem satisfeitos. Alguém perde.

Afinal, como diz o capiau, há situações em que ou o veado morre, ou a onça passa fome.

26/7/2023

Vamos entregar a marmelada na primeira gargalhada?

EM PAÍSES COMO O BRASIL, as grandes questões políticas quase sempre só entram em debate nas eleições para presidente. Aí, todo o país - dos seringueiros da Amazônia aos peões gaúchos - tomam conhecimento dos temas nacionais, como gosta de lembrar Milton Temer.

Já quando se trata da escolha dos parlamentares em geral, o eleitor é movido por questões locais e pelo fisiologismo. Não por acaso, a adoção do parlamentarismo tem sido proposta pelos conservadores, mais interessados em manter a disputa naquilo que o pensador italiano Antonio Gramsci chamava de pequena política, marcada por clientelismo e questões menores, para assim impedir mudanças mais de fundo.

Esse quadro aparece agora nas tentativas de emparedamento do governo Lula pela maioria do Congresso, encabeçada por parte do Centrão e seu capo maior – o presidente da Câmara dos Deputados, Artur Lira, sucessor do gângster Eduardo Cunha.

Pois bem, diante das chantagens a que Lula vem sendo submetido, existem essencialmente dois caminhos (ainda que não inteiramente excludentes).

Um primeiro é ceder e entregar mais e mais nacos do Poder Executivo e de dinheiro, por meio de emendas ao Orçamento, a gente que usa os cargos no parlamento para fazer "negócios" nada republicanos. As ameaças são explícitas: se as exigências não forem atendidas, o Congresso vai paralisar o governo. Às reivindicações fisiológicas se soma a defesa de uma política econômica neoliberal, que atenda aos interesses do sistema financeiro e não se atreva a enfrentar as obscenas desigualdades sociais.

O outro caminho é – sem prejuízo de eventuais acordos aqui e ali - levar o debate para a sociedade, não deixando que o enfrentamento político se dê principalmente dentro de quatro paredes. Foi o caminho adotado recentemente, até agora com sucesso, por Gustavo Petro, presidente da Colômbia, vítima de chantagens semelhantes. Mas, que ninguém se iluda: esse caminho exige um esforço de mobilização dos trabalhadores e significa conflitos, porque não faltarão acusações de "populismo" por parte da mídia conservadora e do poder econômico.

O presidente brasileiro tem procurado se equilibrar. Faz concessões – seja na entrega de espaços e recursos do aparelho de Estado, seja na política econômica, mas sem uma rendição absoluta, como a que parece ter feito o presidente do Chile, Gabriel Boric. Recentemente, aliás, Lula acertou ao não entregar o Ministério da Saúde a Lira. Foi uma decisão importante, porque esta é uma área fundamental para um governo que se proponha a recuperar os serviços públicos fundamentais e que foi dilapidada a partir do governo Michel Temer e, principalmente, nos quatro anos de Bolsonaro.

Há, claro, mediações, mas estes são os dois caminhos básicos.

O PT e seu entorno estão divididos em relação ao que fazer. Pela importância do partido – o mais influente no campo progressista, além de ser a legenda de Lula, a grande referência no campo popular – a posição que ele assuma tem implicações decisivas. Outras forças com perfil mais nítido, como o Psol, por exemplo, não contam com musculatura suficiente para influenciar de fato a conjuntura. E o movimento de massas, que seria decisivo para alterar esse quadro, hoje não tem força suficiente para uma intervenção decisiva.

As divergências no PT já aparecem à luz do dia e estão expostas em recente entrevista do vice-presidente do partido, Washington Quaquá, ao jornalista Chico Alves, da "Folha de S. Paulo" (13-6-2023). Nela, o dirigente petista considera insuficientes as concessões de Lula até agora. Afirma que no essencial as exigências de Lira, a quem classifica como "presidente do sindicato dos parlamentares", devem ser aceitas, diz que ele deve ser tratado como "parceiro" e propõe, de forma explícita, que o governo construa a "governabilidade" comprando o apoio dos parlamentares.

"Se o governo der R$ 50 milhões para cada deputado do União Brasil, 90% deles vão votar com a gente", afirma Quaquá, sem meias palavras.

Quaquá descreve o presidente da Câmara como um "fenômeno político brasileiro". E vai além nos elogios: "Lira tem sido muito justo com o Brasil. Eu digo isso porque ele deu estabilidade ao Bolsonaro, e quer dar estabilidade ao Lula, quer entregar a estabilidade ao país. [...] Eu acho que o erro do governo hoje é tratar o Lira não como um parceiro da estabilidade, mas como um chantagista."

Se esta fosse apenas a posição de um militante qualquer não mereceria maior atenção. Mas quem a defende é o vice-presidente nacional do PT, controla o partido no Rio de Janeiro e verbaliza posições de parcelas importantes de petistas.

Quaquá é, talvez, o mais afoito dos políticos do PT na defesa da aliança com Lira, o Centrão, a extrema-direita e alguns bolsonaristas. Chegou recentemente a pregar até mesmo uma aproximação com figuras caricaturais, como o ex-ministro Eduardo Pazuelo. Mas não está sozinho.

Em algumas votações na Câmara a bancada petista na Câmara se dividiu. Às vezes ao meio; em outras - num número menor de vezes, é verdade - até votando majoritariamente com Lira e o Centrão.

Ora, não é o caso de se ter ilusões sobre o governo Lula. Ele não caminhará no sentido de qualquer revolução socialista. Sequer fará reformas numa linha social-democratizante dentro do capitalismo. Seu maior papel foi barrar o nazifascismo e, uma vez eleito, desenvolver programas não propriamente de distribuição de renda mais profunda, mas de melhorias para as camadas mais pobres da população.

Isso não é pouco importante.

Mas claro que, mesmo como essas limitações e sem ameaçar a dominação de classe, há riscos. A burguesia brasileira é especialmente reacionária e intolerante. Resta torcer (e trabalhar) para que o governo não se desmoralize, o que seria o pior dos mundos, porque o impediria até mesmo de cumprir o papel de alijar a extrema-direita e o fascismo do cenário político.

Mas exigir que ele vá além de um "reformismo fraco" - para usar as palavras do antigo porta-voz de Lula, André Singer – é ter expectativas exageradas. Certamente ele não fará isso.

Para a esquerda, ficam então as perguntas: até onde pode ir este governo? Até onde se deve tensionar as coisas e tentar avanços, ainda que pequenos?

Claro que questões assim devem ser respondidas caso a caso.

Mas não seria bom manter a perspectiva de avanços, mesmo que como referência?

Mesmo que sejam apenas os avanços possíveis em cada momento?

Por outro lado, simplesmente render-se às chantagens de Lira, pintando-o quase como um "companheiro", mesmo que seja um simples companheiro de percurso, não seria uma capitulação e um exagero?

Em outras palavras, tomando emprestada uma deliciosa expressão que o amigo Eliomar Coelho volta e meia repete, com seu carregado sotaque nordestino: "Será que vamos entregar a marmelada na primeira gargalhada"?

(22/6/2023)

O Maracanã pode ser aqui. A Colômbia também

NO DIA 29 de maio de 1983, Flamengo e Santos se enfrentaram no Maracanã no segundo jogo pelas finais do Campeonato Brasileiro de 1983. Depois de uma derrota por 2 a 1 na primeira partida, no Morumbi, no Rio o Flamengo venceu por 3 a 0 e se sagrou campeão. A partida - realizada antes de que, por motivos inconfessáveis, Sérgio Cabral Filho tivesse desfigurado o Maracanã, transformando-o numa "arena" moderninha - teve o maior público da história em campeonatos brasileiros. Estiveram presentes 155.253 torcedores. Eu estava entre eles.

O Flamengo tinha um timaço e sua vitória foi incontestável. Mas houve uma voz dissonante: a do técnico Formiga, do Santos. Ele preferiu não ver o estádio pelo lado do lindo espetáculo proporcionado pela torcida. Em entrevistas depois do jogo, choramingou: "Um jogo com tanta gente no estádio é antiesportivo. Deveria ser proibido, porque a pressão é muito grande e a disputa fica desequilibrada." As palavras podem não ter sido estas, mas o sentido foi.

Claro que torcida nem sempre ganha jogo, como provou o valente time uruguaio na final da Copa de 50, no mesmo Maracanã. Na ocasião, diante de 199.854 espectadores, o

Uruguai venceu o Brasil. Mas, é claro, se sozinha não ganha jogo, torcida ajuda. Isso não se discute. Ainda mais quando está ao lado de um belo time, como era aquele de Zico, Júnior, Leandro e outros mais.

Isso vale para o futebol e, ainda mais, vale para a política. Determinadas iniciativas de interesse popular, se apoiadas massivamente, ganham enorme força. Mas é preciso que os líderes convoquem o povo e se disponham a encabeçar o movimento.

Exemplo disso ocorreu semana passada na Colômbia, com a intensa mobilização em sustentação a medidas promovidas pelo presidente Gustavo Petro, um líder que está se tornando a principal figura contemporânea da esquerda latino-americana.

Lá, como ocorre no Brasil, o governo estava sendo pressionado a fazer concessões e mais concessões a uma maioria de políticos conservadores, corruptos e fisiológicos, sob pena de o Congresso travar suas ações e paralisá-lo.

Petro não aceitou a chantagem, nem que a disputa se limitasse ao interior das quatro paredes. Logo ao tomar posse, em agosto de 2022, já tinha dado mostras de disposição de luta e de coragem, ao remover parte expressiva do alto comando das Forças Armadas, passando para a reserva oficiais envolvidos em atropelos aos direitos humanos e ligados à extrema direita.

Agora, na semana passada, deu uma aula sobre como deve reagir um governo popular a tentativas de golpes brancos. Diante do corpo mole de alguns partidos da base para apoiar reformas promovidas pelo governo, o presidente colombiano

- que já tinha trocado três ministros no fim de fevereiro - promoveu uma ampla reforma, exonerando mais oito dos 19 integrantes de seu Ministério. No lugar deles foram nomeadas pessoas comprometidas com o programa defendido na campanha.

Claro que a busca de governabilidade é objetivo de qualquer governo. Para tal, às vezes deve negociar e, eventualmente, precisa fazer concessões. Porém, essa busca da governabilidade pode ser feita de diferentes formas, que inclusive não são excludentes. A negociação é apenas uma delas.

Quando se está diante de um processo claro de chantagens, porém, como no caso do Brasil – as concessões não podem ser o caminho único, ou sequer o principal. Afinal, sabe-se como começa uma chantagem, mas não se sabe como, nem quando, nem onde, ela termina.

Petro reagiu ao que chamou de "golpe brando", tirando a disputa dos gabinetes refrigerados. Mais de 400 intelectuais, líderes políticos, dirigentes sindicais e representantes de movimentos populares, de um número superior a 20 países, firmaram um manifesto em apoio a seu governo, denunciando a campanha da direita para boicotar reformas que aumentariam salários, melhorariam a saúde, a educação e os demais serviços públicos e protegeriam o meio ambiente. E esse discurso não ficou entre quatro paredes. Foi levado para as ruas pelo governo.

Petro fez mais: convocou em rede nacional de rádio e TV manifestações na capital e em outras 200 cidades do país, em apoio à aplicação do programa aprovado nas urnas.

Multidões tomaram as ruas. Isso mudou a conjuntura e pôs os conservadores na defensiva.

O exemplo colombiano é uma clara demonstração de que concessões nem sempre são a melhor forma de construir a governabilidade. E que é preciso informar o povo e convocá-lo para a luta política. As duas coisas estão em falta no Brasil.

Recentemente o governo Lula relançou, em formato ampliado, pelo menos três programas que melhoram a vida das pessoas – o Farmácia Popular, o Mais Médicos e o Minha Casa, Minha Vida. Além disso, anunciou o Desenrola, que equaciona as dívidas de famílias pobres e a maior parte da população nem ficou sabendo. Sequer os ministros falaram dessas iniciativas. Aliás, nem eles, nem a inútil área de comunicação do governo...

Ora, não é de hoje que se sabe: a correlação de forças muda substancialmente quando o povo entra em campo. O Flamengo já tinha mostrado que é sempre melhor enfrentar o adversário em jogo com casa cheia e torcida a favor. Multiplicar as concessões ao mercado financeiro, à Faria Lima e aos chantagistas do Centrão, capitaneados por Artur Lira, não é a única forma de se conquistar a governabilidade. Frequentemente tampouco é a melhor.

O exemplo Petro deve ser visto com atenção. É preciso levar a política para a sociedade. Que aportem no Brasil os bons exemplos e os bons ventos da Colômbia.

(13/6/2023)

As lições de Ho-Chi-Minh e o PT

NOS ANOS 1970, quando eu era um jovem militante, com 20 e poucos anos, li num texto de Ho-Chi-Minh, algo que tenho presente até hoje. Ele afirmava que, dada a desproporção de forças entre os revolucionários e os representantes das classes dominantes, era da maior importância política que ficasse clara a superioridade moral dos primeiros.

Para ilustrar o que dizia, Ho contava uma história relacionada com a Guerra do Vietnam (1955-1975). O país estava sendo atacado por bombardeios diários da aviação norte-americana. Algumas vezes, as aeronaves eram atingidas pela defesa antiaérea e saiam soltando fumaça, mas não chegavam a cair, conseguindo retornar às bases. E havia uma tendência a que se computassem aviões em situação assim como abatidos. Ho, então, ordenou: só poderiam ser contados como derrubados os aviões que estivessem no solo.

E explicava: justamente por não terem os poderosos meios de divulgação de que os Estados Unidos dispunham, era fundamental que os revolucionários vietnamitas cultivassem rigorosamente a verdade. Assim, quando eles afirmassem algo, todos – aí incluída a imprensa internacional – saberiam que o afirmado era realidade.

O rigor em relação à verdade, dizia ele, ainda que não usasse exatamente essas palavras, não era só uma questão de natureza moral, era também uma espécie de investimento político.

Foi, então, construída pelos vietnamitas uma reputação que se tornou decisiva para o desfecho da guerra. Tanto assim que, embora a resistência nos campos de batalha tivesse sido importantíssima, em grande medida o conflito se resolveu fora deles, na área da política, e até mesmo em território norte-americano. Chegou-se a um ponto que os EUA não tinham mais como sustentar – tanto internamente, como aos olhos do mundo - aquela intervenção injustificável. A superioridade moral dos vietnamitas era incontestável. Isso foi decisivo.

O livro "Guerra irregular" (Editora Contexto, 2009), um bom estudo do militar brasileiro Alessandro Visacro, especialista em contra-insurgência, conta (pag. 116) diálogo travado em encontro realizado depois de terminado o conflito, reunindo combatentes dos dois lados. Nele, em dado momento o coronel americano Harry Summers Jr, vangloriou-se: "Vocês nunca nos derrotaram no campo de batalha". "Pode ser, mas isso é irrelevante", respondeu tranquilamente um representante vietnamita. Visacro dá razão a este último.

Se isso vale para guerras, vale ainda mais para a luta política.

Qualquer observador da situação brasileira nos últimos anos, percebe a criminosa manipulação ocorrida na Lava-Jato. Conhece o papel das bandas podres do Judiciário e do

Ministério Público, das quais Sérgio Moro e Deltan Dallagnol são exemplos gritantes. Não é segredo, também, que parte importante da mídia deveria fazer uma profunda autocrítica pela cumplicidade com os procedimentos criminosos dessas bandas podres e por sua participação no processo espúrio que desaguou no impeachment de Dilma Roussef.

É inegável que a corrupção não começou no Brasil com o PT ou com as esquerdas no governo. É inegável, também, que nem o PT nem as esquerdas são os maiores exemplos de corrupção no País. Mas, mesmo que os métodos de Moro e seus asseclas na Lava Jato se assemelhassem a uma pressão ilegal e criminosa a presos – "ou assina a confissão ou continua na cadeia" - os recursos devolvidos por alguns acusados atestam que, de fato, houve corrupção.

Isto posto – e até porque não se pode contar com a isenção de boa parcela da mídia, que tem a mão mais pesada quando trata de apontar erros da esquerda – é preciso um cuidado especial para construir uma imagem de rigor no trato com a coisa pública, de maneira que essa imagem se torne um instrumento a favor das forças que lutam por mudanças, e não o inverso.

Qualquer escorregão nesse terreno custa caro, como ficou claro nos últimos anos. Não à toa, a direita – a força mais envolvida na corrupção ao longo dos tempos – tem a luta contra ela como uma de suas principais bandeiras.

Esta questão nada tem a ver com o udenismo ou o denuncismo barato próprio do conservadorismo. Ao contrário, o rigor de parte da esquerda é importante justamente para não abrir a guarda para esse mesmo udenismo. Alguns argumentam que, com ou sem motivo justificado, a mídia direitista buscará cabelo em casca de ovo e levantará a bandeira da denúncia da corrupção, o que tornaria irrelevantes as preocupações levantadas aqui. Tal argumento não se sustenta. Evidentemente, essa bandeira será mais forte nas mãos dos conservadores se os fatos denunciados forem reais.

Não nos esqueçamos que, embora as manifestações de junho de 2013 tenham começado de forma difusa, nelas a revolta contra a corrupção estava muito presente e, depois, esse sentimento adubou o terreno para a farsa do impeachment de Dilma e a vitória de Bolsonaro.

Agora, vencida a dura batalha para impedir a reeleição do nazifascista, há com Lula na Presidência um governo que tem uma composição que vai da direita até a centro-esquerda. E há um Congresso majoritariamente reacionário, com a Câmara de Deputados controlada por um chantagista que representa o que há de pior na política brasileira e que busca se apropriar de recursos do Executivo para fins inconfessáveis.

Na eleição foi preciso uma composição com a direita para derrotar o fascismo. Depois, foi necessário abrir espaço para o Centrão para que o governo não fosse inviabilizado, apesar das concessões programáticas.

Nesse quadro, é possível que haja ministros cometendo malfeitos, para usar uma expressão cara a Dilma, o que não quer dizer que se deva fechar os olhos para isso. Mas assim funciona essa gente. No entanto, é diferente quando pessoas de esquerda fazem coisa semelhante, cavando boquinhas para parentes em tribunais de contas, bajulando o mercado financeiro ou aceitando a devastação da Amazônia e da Mata Atlântica em nome de sabe-se-lá-o-quê.

Os prejuízos, aí, não devem ser contabilizados em reais, mas numa moeda muito mais importante na política: a credibilidade. Por isso é preciso atenção.

Lembremo-nos das lições de Ho-Chi-Minh.

(8/6/2023)

Concordando com Galeano

"VOCÊ PRECISA ESCREVER sobre futebol. Está um lixo. Estupro, corrupção de jogadores, racismo sistêmico, mortes nos estádios. Se continuar assim, honestamente, é melhor suspender tudo". Esta frase acima é de uma mensagem no WhatsApp que me foi enviada por um grande amigo, o repórter Chico Otávio.

Ele tem razão. Hoje, em todos os continentes da Terra, o futebol é muito mais do que um esporte. Atividade que apaixona muitos milhões (ou bilhões) de pessoas, movimenta uma quantidade gigantesca de dinheiro. Mas em torno a ele se acumulam problemas graves.

Há 50 anos, no início dos anos 70, antes mesmo de o mundo inteiro acompanhar as partidas dos principais times do planeta (mas já depois da Copa do México, a primeira a ser transmitida ao vivo em grande escala pela TV), estava eu no interior da Argélia, em pleno deserto, e tinha dificuldades para me comunicar minimamente com os moradores, que só falavam árabe. Lá pelas tantas, me ocorreu lembrar Pelé e um problema foi resolvido. Fui logo identificado como sendo brasileiro.

Já na citada Copa de 70, o uso da seleção de Pelé pela ditadura militar foi intenso. A propaganda oficial desenvolveu enorme esforço para identificar o time brasileiro com o regime. E, em algum nível, conseguiu, tal a força do futebol. Hoje, com a globalização e o crescimento das telecomunicações o impacto dele na vida das pessoas é muito maior.

E é maior para o bem e para o mal.

Por isso, a advertência do Chico Otávio é mais do que oportuna. É preciso tratarmos mais – e com mais seriedade - do futebol.

O dinheiro que rola é gigantesco. Os clubes movimentam milhões, dirigentes e empresários ganham fortunas de forma não muito transparente e os salários pagos são astronômicos.

Nesse quadro, é natural que esse mundo mexa com a cabeça de jovens de origem pobre que são alçados a celebridades milionárias. Claro que os que fazem sucesso são uma minoria, mas acabam representativos de um caminho de ascensão social com que sonha a maioria.

Figuras lamentáveis como Neymar tornam-se paradigma com seu sucesso, mas também servem de modelo com seu individualismo e egocentrismo. Estão dia e noite cercados de amigos (verdadeiros ou falsos) que vivem às suas custas e de namoradas (apelidadas, de forma preconceituosa, de "marias chuteiras"). Afinal, já disse o genial Nelson Rodrigues que "o dinheiro compra tudo, até amor sincero".

Essa situação e esse estilo de vida sobem à cabeça de jogadores que passam a se achar donos do mundo e estão na raiz de casos de violência contra mulheres e até estupros. Afinal, naquele universo machista, como admitir que uma moça não se disponha a transar com eles? Fora os menos conhecidos, estão aí na mídia os casos de Cuca, Robinho e Daniel Alves, que só agora têm recebido o merecido repúdio da sociedade.

A Liga da Grã-Gretanha, hoje a mais forte e prestigiada do mundo, há alguns anos estava à beira do abismo, dentro e fora do campo. Foi obrigada a tomar medidas drásticas para reconduzir o futebol e tudo que o cerca a um patamar mínimo de civilidade.

A bola da vez agora parece ser a Espanha, com sucessivos casos de racismo, tratados com benevolência pela federação e pelos clubes. Seu presidente, Javier Tebas, é apoiador do Vox, partido de extrema-direita, e admirador do falecido ditador fascista Francisco Franco, informou ontem o mestre Juca Kfouri em sua coluna.

E, aqui, é preciso separar duas coisas. Uma coisa é a manifestação isolada de um idiota. Nesse caso, o racista deve ser identificado e punido. Mas é diferente quando um estádio em peso grita "macaco" para humilhar e desestabilizar um jogador adversário, como foi feito semana passada com o jovem Vinícius Júnior. Aí, é preciso punir o time da casa, interromper a partida, considerando perdedor o time dos racistas, e interditar seu estádio por determinado tempo.

Até porque, nesses casos, não estamos diante apenas de um desvio grave, mas individual. É própria do nazifascismo a imbecilização agressiva de multidões. Isso é muito perigoso e o resultado é conhecido de todos.

Outro risco são as apostas. Em torno a elas floresce a corrupção de clubes, jogadores e árbitros. As experiências

– inclusive internacionais – estão aí para quem quiser ver. E elas estão crescendo enormemente no Brasil. As empresas de apostas hoje já patrocinam os principais times e, até, competições nacionais.

Todos reconhecem que as apostas são um foco de corrupção, mesmo seus defensores. Alguns afirmam que não há como coibi-las porque – tal como as "big techs" – estão sediadas fora do País. O cidadão aposta num jogo do campeonato brasileiro, mas as empresas estão sediadas não-sei-onde.

De qualquer forma, assim como no caso das "big techs", me recuso a admitir que seja um problema insolúvel. E, assim como no caso das "big techs", é preciso enfrentá-lo.

Apelo ao amigo Wadih Damous, que no Ministério da Justiça é responsável pela área da defesa do consumidor, e é um competente advogado, para que busque uma solução. E pergunto: não seria possível coibir a propaganda desses sites de apostas no Brasil? Em caso positivo, eles se esvaziariam.

Buscar uma solução para esse problema e resolvê-lo o quando antes é muito importante, por tudo o que o futebol representa na sociedade.

Afinal, já disse Eduardo Galeano, escritor uruguaio, autor do clássico "Veias abertas da América Latina": de todas as coisas desimportantes, o futebol é a mais importante.

Estou de acordo com ele.

PS - Depois de redigido e distribuído este artigo, o amigo Juca Kfouri me alertou que a frase atribuída aqui a Eduardo Galeano teria sido dita por Arrigo Sachi, ex-treinador da seleção italiana. Reconheço

Juca como uma autoridade maior em matéria de futebol. Embora eu me lembre de, em algum momento e em algum lugar, ter lido nas redes sociais que Galeano disse a frase, Juca deve ter razão. Fica aqui, então, essa ressalva.
Sacchi deve ter sido mesmo o primeiro a dizer isso.

(24/05/2023)

Sobre a memória, Stuart e o bolsonarismo no Flamengo

NA ÚLTIMA SEGUNDA-FEIRA, dia 8 de maio, o Ministério Público Federal pediu, oficialmente, à diretoria do Flamengo, informações sobre o paradeiro de uma placa em homenagem a Stuart Angel Jones, ex-remador do clube e militante político contra a ditadura, morto na tortura na base aérea do Galeão, no Rio de Janeiro.

Os restos mortais de Stuart nunca foram encontrados. Em setembro de 2019, seu assassinato foi reconhecido num atestado de óbito que caracteriza a morte como "não natural, violenta, causada pelo Estado brasileiro no contexto da perseguição sistêmica e generalizada à população identificada como opositora política ao regime ditatorial de 1964 a 1985".

Agora, o MP deu dez dias para o clube informar o que foi feito da placa. Desde 2010, ela estava num memorial na sede de remo do Flamengo, na Lagoa, como parte de um projeto intitulado Lugares da Memória. Foi retirada de lá em 2016, quando foram realizadas obras no local.

Além disso, os procuradores regionais dos Direitos do Cidadão Jaime Mitropoulos, Júlio José Araújo Junior e Aline Caixeta lembraram ao presidente do Flamengo que constitui obrigação do Estado e direito da sociedade o resgate e a preservação da história de mortos e desaparecidos durante a ditadura militar, incluindo a conservação e a restauração de monumentos alusivos à repressão política.

Segundo afirmaram os procuradores, esta é "uma forma de garantir às gerações futuras o direito de conhecer as violações sistemáticas dos Direitos Humanos praticados pelo Estado, de modo a prevenir, inibir ou, pelo menos, mitigar as chances de que voltemos a repetir no futuro as violações já cometidas no passado".

Lembrou também o MP que cabe aos agentes públicos e particulares responsáveis pelos bens relacionados à preservação da memória prestarem informações que possam auxiliar na sua localização.

O Ministério dos Direitos Humanos se somou a esse esforço e tem um projeto de reinauguração da placa. Por meio de Nilmário Miranda, assessor especial de Memória e Verdade, também intimou o clube para que informe seu paradeiro. Há suspeitas de que a diretoria do Flamengo, controlada por bolsonaristas, a tenha posto no lixo.

Em reportagem publicada no "Globo" (5/5/2023) e assinada pelo jornalista Chico Otávio, um dos mais importantes repórteres do País, há a informação de que, embora procurada pelo jornal, a diretoria do clube preferiu não se manifestar.

Stuart foi meu companheiro de militância política no movimento estudantil em 1968 e, posteriormente, na resistência armada à ditadura, como integrante do Movimento Revolucionário 8 de Outubro. Estivemos juntos na primeira ação de guerrilha urbana efetuada pela organização, em fevereiro de 1969. Depois, eu continuei no setor armado da organização, e ele foi transferido para a frente operária.

Mais tarde, em abril de 1970 fui preso e, dois meses depois, enviado para o exterior, em troca do embaixador alemão, que fora sequestrado por grupos guerrilheiros. Stuart foi capturado em maio do ano seguinte.

Na ocasião, outro preso na base aérea do Galeão, Alex Polari, o viu ser torturado com choques elétricos, depois de pendurado no pau-de-arara. Testemunhou, ainda, que Stuart foi arrastado pelo pátio do quartel, amarrado ao para-choque de um jipe militar. E atestou ter visto militares colocarem sua boca no cano de descarga do jipe, o que, certamente, o matou pela inalação de monóxido de carbono.

Retomar essa placa e voltar a exibi-la ao público para que as novas gerações conheçam a história de Stuart é parte do esforço para que os chamados anos de chumbo não caiam no esquecimento.

Nós, brasileiros, estamos atrasados na recuperação da memória desse período. Isso é consequência da forma em que chegou ao fim a ditadura militar em nosso país. Ela não foi derrubada, mas saiu de cena num processo que os próprios militares controlaram.

Isso deixou enormes limitações na reconstrução da democracia. Nos nossos vizinhos dificilmente alguém se elegeria presidente da República pregando teses nazifascistas como as que Bolsonaro teve o desplante de sustentar ao longo de sua trajetória política.

Os demais países do chamado Cone Sul desenvolveram iniciativas muito mais expressivas no campo da recuperação da memória. Argentina, Uruguai e Chile construíram importantes museus, com denúncias dos crimes das ditaduras militares. Eles têm ampla visitação e estão sempre cheios de gente. Sua existência contribui para que a barbárie não se repita. Além disso, muitos dos principais responsáveis pelos crimes contra os direitos humanos e a humanidade foram levados aos tribunais e condenados, em processos que tiveram ampla divulgação na imprensa.

Homenagear Stuart não é só homenagear um jovem assassinado aos 25 anos por lutar pela democracia e contra a opressão. É homenagear também toda uma geração que jogou a vida e seu futuro em busca da construção de um mundo melhor.

Recuperar a placa com seu nome e reconstruir o memorial é parte da luta para que não se repitam aqueles anos.

E é também mostrar ao País e aos fascistas que hoje dirigem o Flamengo que quem melhor representa as cores rubro-negras não são eles, mas gente como Stuart.

(11/5/2023)

Sem anistia para os convivas da Selma

DE FORMA ESPONTÂNEA surgiu nas ruas e nas redes sociais a expressão "Sem anistia", exigindo punição (com julgamento, claro) para os participantes da intentona do dia 8 de janeiro. Na ocasião, a Câmara dos Deputados, o Palácio do Planalto e o Supremo Tribunal Federal foram invadidos e depredados por hordas fascistas num ato terrorista que tinha o nome em código de "Festa da Selma". O objetivo era forçar uma intervenção militar que abrisse caminho para um golpe.

A expressão "Sem anistia" – que tem como objetivo demonstrar que não se pode contemporizar com aquele ato de natureza golpista – foi usada largamente pelo líder do Psol, Guilherme Boulos, num duro discurso na Câmara dos Deputados na última quarta-feira, dia em que foi aberta a CPMI (Comissão Parlamentar Mista de Inquérito) que investiga os acontecimentos daquele dia. Teria sido melhor, talvez, que se dissesse "sem impunidade", mas a primeira expressão já caiu no gosto popular. Paciência.

De qualquer forma, algumas pessoas se perguntaram se não seria mais acertado perdoar os golpistas, de forma a facilitar um entendimento e o esfriamento dos ânimos?

No caso, não.

Não penso que se deva fazer política com ressentimento. Nunca. Mas é preciso ver as coisas sem perder a perspectiva política.

Sidarta Gautama, o Buda, nascido há mais de 400 anos antes de Cristo, já dizia que guardar rancor é como segurar carvão em brasa para jogar num desafeto. "Você é que sai queimado", ensinava.

Tinha razão.

Depois dele, Pepe Mujica, uma das grandes figuras da atualidade, tem insistido sempre em que o ressentimento é mau conselheiro, tanto na vida, como na política.

Também tem razão.

Por que, então, não anistiar os golpistas de 8 de janeiro?

Porque o fascismo está vivo e tem que ser combatido e extirpado, em defesa dos interesses gerais da sociedade.

Antes de se corromperem os sandinistas tinham uma expressão boa: "Implacáveis na luta, generosos na vitória".

O exemplo do Vietnã também é ilustrativo. Em janeiro de 1968, as forças que lutavam contra a ocupação norte-americana realizaram a chamada a Ofensiva do Tet. A maior parte das cidades mais importantes foi total ou parcialmente tomada e até a embaixada dos Estados Unidos em Saigon teve uma bandeira vietnamita hasteada em seu terraço. A fotografia correu o mundo inteiro

As forças vietnamitas fizeram grande número de prisioneiros. Os culpados de crimes mais graves foram rapidamente julgados e, muitos deles, fuzilados.

O objetivo da ofensiva não era expulsarem os Estados Unidos naquele momento, mas mostrar à opinião pública mundial e norte-americana a força da resistência e a impossibilidade de os norte-americanos vencerem aquela guerra. Este objetivo foi alcançado.

Seis anos depois, em abril de 1974, os americanos foram obrigados a deixar o Vietnam. Houve também grande número de presos, acusados de terem cometido crimes ao colaborar com a ocupação. A maior parte foi anistiada. A guerra tinha acabado e a situação estava sob controle.

Se o fascismo bolsonarista estivesse morto, os golpistas de 8 de janeiro poderiam ser anistiados. Mas está vivo e continua como ameaça à democracia, aos direitos humanos e à independência nacional. Passar a mão na cabeça dessa gente é criar cobras, correndo o risco de que, daqui a pouco, com seu veneno, ela ameace a nação.

É como dizem os espanhóis, "cria corvos e eles arrancarão teus olhos".

Por isso, têm razão as ruas quando exigem: "Sem anistia".

(26/4/2023)

Alô, governo Lula, mais respeito aos aposentados

PODE-SE MEDIR O grau de civilização de uma dada sociedade pela forma como ela trata seus segmentos mais indefesos: idosos, crianças, doentes mentais, presos.

Vamos, então, imaginar a situação de um trabalhador que, depois de 35 anos de trabalho regular, tendo comprovado que contribuiu religiosamente com a Previdência Social, cumprindo com sua parte no contrato com o Governo, deu entrada no pedido de aposentadoria e fica, por meses ou mais de um ano, esperando que seu direito seja reconhecido.

Imaginemos mais: que não estamos diante do caso de apenas um trabalhador, mas de mais um milhão de pessoas nessa situação. Afinal, só em dezembro do ano passado, 732.987 pessoas entraram com pedido para que seus direitos fossem atendidos pelo INSS. E em janeiro, foram 815.099, somando-se aos que já estavam esperando.

Indo adiante, imaginemos que, segundo dados do Instituto Brasileiro de Direito Previdenciário (IBDP) e do Ministério da Previdência Social, a fila de espera no INSS tenha tido um aumento de 13% em janeiro em relação a dezembro do ano passado. Sim, em janeiro havia 1,23 milhão de pedidos parados há mais de 45 dias, enquanto em dezembro eles eram 1,08 milhão.

Há mais: além das aposentadorias estão paradas também as análises de auxílio-maternidade e licença por acidente de trabalho. Isso, sem falar nos muito miseráveis, que aguardam o Benefício de Prestação Continuada (BPC), inscrito na Constituição.

Matéria recente da revista "Exame" afirma, baseada em números oficiais, que há 1,8 milhão de trabalhadores na fila, aguardando uma decisão sobre o pedido que fizeram para receber os direitos a que fazem jus.

Imaginemos, ainda, que o ministro Carlos Lupi, afirme - como fez em recente entrevista à GloboNews - que o governo vai trabalhar para diminuir a fila de segurados à espera de liberação de benefícios, mas não tinha como estabelecer um prazo para a situação estar normalizada. E, pior, admita que a fila não vai acabar até o fim deste ano. "Fila não se resolve do dia para noite (...). Meu prazo é de racionalidade e razoabilidade", afirmou.

Como "racionalidade" e "razoabilidade" não botam comida na mesa, é preciso buscar uma solução para o problema.

O INSS e o Ministério da Previdência argumentam que há uma falta crônica de servidores, pois há tempos não são realizados concursos públicos para repor as vagas abertas com aposentadoria de funcionários e o aumento natural da demanda. E – como era de se esperar - o quadro piorou sensivelmente nos governos Michel Temer e Bolsonaro.

A solução apontada por Lupi é o pagamento de um bônus para que servidores do INSS façam horas extras, a partir deste mês, para tentar diminuir as filas. Francamente, é óbvio que isso não resolve uma fila de 1,8 milhões de pessoas. É não ver a gravidade do problema.

De acordo com o Regulamento da Previdência Social, no Decreto nº 3.048/1999, o prazo do INSS para análise de concessão de benefício é de 45 dias. Mas, devido às crescentes filas, em 2021 o Supremo Tribunal Federal (STF) fez a homologação de um acordo entre o Ministério Público Federal (MPF) e o Instituto Nacional do Seguro Social (INSS), flexibilizando esse tempo. Pelo acordo, os prazos podem variar conforme a espécie e o grau de complexidade do benefício, desde que não ultrapassem 90 dias.

Desconsiderando solenemente a determinação do Supremo, fato é que o INSS está deixando pessoas esperando há mais de um ano.

Diante disso, ou se busca uma solução emergencial, ou o ministro e o governo, de tabela, estarão passando dois atestados: um de insensibilidade e outro de incompetência.

O colega e amigo Álvaro Nascimento, que me alertou para o problema e sugeriu a redação deste artigo, tem uma proposta que está tentando fazer chegar às mãos de Lupi esta semana e que me parece bastante razoável: que todos os pedidos que tenham mais de 90 dias (o prazo determinado pelo STF) sem qualquer manifestação do INSS sejam automaticamente concedidos. Isso não impede o órgão siga analisando cada um deles e se eventualmente descobrir alguma inconsistência, necessidade de comprovação de documentos ou constate fraude na solicitação, suspenda o pagamento, processe o beneficiário e corra atrás do prejuízo.

Com certeza, isso não afetará mais do que 1 ou 2% do conjunto de solicitações. O que não pode ocorrer é 98 a 99% dos contribuintes da Previdência ficarem meses e meses à espera de um benefício estabelecido em contrato enquanto a Previdência Social diz em seu site, laconicamente, que o seu processo "está em análise".

É bom que o governo Lula abra os olhos para essa situação.

(19/4/2023)

Alô, governo Lula, mais respeito aos aposentados

Capítulo 2

HÁ UMAS DUAS semanas escrevi um artigo tratando do drama de mais de um milhão de pessoas que, tendo cumprido todos os requisitos para se aposentar, fizeram o pedido ao Ministério de Previdência Social e esperam indefinidamente para ter o direito reconhecido. Nessa lista estão, também, mulheres que solicitaram o auxílio-maternidade e até mesmo pessoas que fazem jus a receber o Benefício de Prestação Continuada (BPC), no valor de um salário-mínimo, previsto para maiores de 65 anos com baixa renda.

São trabalhadores que contribuíram durante décadas e para os quais os caraminguás a que têm direito seriam de grande importância na luta pela sobrevivência, tanto deles, como de suas famílias.

A Previdência informa que há déficit de funcionários e, por isso, a análise dos pedidos de aposentadoria é feita num ritmo lento. Além disso, há muitos anos não são feitos concursos para aumentar o pessoal e, com o tempo, os pedidos ao INSS vão se acumulando. A isso se soma o fato de que alguns funcionários se aposentam, o que contribui para diminuir o pessoal. Por isso, a fila aumenta a cada dia.

A “solução” apresentada pelo ministério é pagar um bônus extra para que os servidores façam horas extras e, assim, a fila vá diminuindo. De qualquer forma, o ritmo em que ela vai diminuindo é muito lento.

Assim, essa “solução” não resolve o problema de gente que, em sua maioria, está há muitos meses (e, às vezes, anos) esperando ver reconhecido um direito líquido e certo, para o qual contribuiu religiosamente durante décadas, com descontos mensais nos salários.

O amigo que me chamou a atenção para o problema – Álvaro Nascimento – fez uma proposta que encampei no artigo citado.

A enorme maioria do pessoal que está na fila vai receber muito pouco como aposentadoria ou pensão, até porque os benefícios pagos pelo INSS são muito baixos. Por que, então, passados, digamos, três meses (legalmente o INSS teria um prazo de 45 dias para responder, mas o prazo não é cumprido) os pedidos não analisados não podem ser deferidos em caráter provisório, sem prejuízo da continuidade do processo de avaliação? Caso se constatasse posteriormente alguma irregularidade ou insuficiência nos requisitos devidos para o cidadão se aposentar, o pagamento seria interrompido e o ministério correria atrás do prejuízo nas formas legais.

Para o Estado os montantes em jogo seriam inexpressivos, mas ajudariam muitas pessoas humildes.

A publicação desse artigo chamou a atenção de outro amigo – o ex-deputado federal e ex-prefeito de Angra dos

Reis Luiz Sérgio Nóbrega – que me alertou para mais um problema que também afeta os aposentados.

Uma vez deferido o pedido de aposentadoria, o período compreendido entre a entrada da solicitação e o deferimento constitui um direito líquido e certo. Caso a dívida total não ultrapasse 60 salários-mínimos, ela pode ser quitada por meio de um mecanismo chamado Requisição de Pequeno Valor (RPV), com pagamento em até 60 dias.

Mas, dependendo do valor, o montante é pago por meio de precatório, que tem outro sistema, com liberação de apenas um lote por ano. Isso leva a que o pagamento seja atrasado, às vezes, por anos.

Então, caso o credor queira num prazo curto, recebe por RPV apenas o equivalente a 60 mínimos, tendo que abrir mão do restante.

Há escritórios de advocacia que aproveitam a situação e assediam beneficiados para comprar com deságio os direitos de receber o valor total. O mais comum é que o deságio seja de 30% a 50%, mas há casos em que chega a 70%.

Como se vê, nos casos em que montante a ser recebido é superior a 60 salários-mínimos, caso tenha necessidade imediata do dinheiro o trabalhador é levado a abrir mão de parte dele pela morosidade do Estado.

Será isso justo?

(2/5/2023)

Cleber Negão e os cem primeiros dias de Lula III

CLEBER NEGÃO É daqueles malandros cariocas que, quando a gente pensa que estão em extinção, quebra a cara porque eles são a mais perfeita expressão da sabedoria popular. E logo dão de novo o ar de sua graça.

Do alto de seus mais de cem quilos, o Negão é exímio dançarino. Figura conhecida e querida nos bailes dos dias de semana em clubes dos subúrbios do Rio, está sempre com um sorriso largo nos lábios. De bem com a vida e elegante, é daqueles cavalheiros que buscam a dama em sua mesa e, encerrada a música, a conduzem de volta pela mão ao lugar em que estava. Não usa jeans e inevitavelmente tem um vinco impecável na calça de tergal.

Muito popular por toda parte, Cleber conseguiu um caminhão de votos para Lula na última eleição do petista. E não poupa alguns conhecidos que votaram em gente como Bolsonaro: "Pobre que vota na direita é como aquele cafetão babaca que tem ciúme da moça da noite (o Negão não usa a expressão "puta" porque acha que ela traz uma carga de preconceito).

Defende o presidente, mas não deixa de criticá-lo quando considera que ele pisou na bola. Mas, se faz a crítica, não aceita que algum bolsonarista se meta a falar mal de Lula.

Bem informado sobre as coisas da política, acha que Lula anda "meio devagar" nesse terceiro mandato. "Sei que ele atura certas figuras porque a coisa não está fácil. Com esse Congresso, o Lula tem mesmo que fazer concessões e botar no governo alguns caras ruins."

Mas Cleber acha pouco simplesmente retomar antigos programas como o Minha Casa, Minha Vida ou o Bolsa Família. O governo não pode ser só aquele programa da TV Globo, o "Vale a pena ver de novo", afirma.

Admite que o principal papel de Lula foi tirar Bolsonaro do governo – "e isso não é pouca coisa", valoriza - mas trata de empurrar o barco adiante. E, se é tolerante com gente de direita que, por força da necessidade de composições está no governo, é mais crítico quando as pisadas de bola vêm de "gente nossa", expressão que usa.

Já tinha certa má vontade com o atual chefe da Casa Civil, Rui Costa, quando este último andou militarizando escolas públicas estaduais como governador da Bahia. A coisa piorou quando soube que Rui arrumou uma boquinha vitalícia para a mulher no Tribunal de Contas do estado. Não acha que criticar esse gesto seja moralismo. "A direita e a grande imprensa usam coisas desse tipo pra desmoralizar a esquerda e a política. Por isso, não se pode dar mole."

Implica também com o ministro da Fazenda, Fernando Haddad. "Ele mais parece mais representante dos bancos, do que ministro de um governo de esquerda", diz, para, depois, corrigir a afirmação com um sorriso nos lábios: "Vá lá, de esquerda, não; de um governo de centro-esquerda".

Quer um discurso e uma prática mais alinhados com posições progressistas. "Eu sou mais meu chinelo de dedo do que cromo alemão apertado", afirma, tomando emprestado uma frase criada por outro filósofo popular, o falecido Mestre Marçal.

Já o Negão aplaude o desempenho de Flávio Dino: "O gordo está indo bem. Bolsonarista não se cria com ele".

Cleber é muito crítico com essa história de armar as pessoas. "Tem babaca que se diz colecionador e tem mais de 50 armas em casa. Isso é pra defesa pessoal? Conta outra."

E, rindo, repete a história de "um cara cheio de marra" que, há alguns anos, em Vila Isabel, diante de dois pivetes armados, entregou sem piscar a moto e a pistola que tinha consigo. "Sabe o nome da peça? Jair Bolsonaro".

Ele insiste em que isso de achar que o armamento das pessoas vai diminuir a violência é bobagem. "O que vai ter a toda hora é o cara que bateu no trânsito, que discutiu com o vizinho ou que acha que levou um par de chifre sair matando gente", afirma.

E o Negão conclui sua avaliação dos primeiros cem dias do governo Lula III: "Tem que tomar logo as medidas que vão mudar a vida do povo. Se isso demorar muito a acontecer, os babacas bolsonaristas podem tentar se criar de novo. E isso não dá pra aturar."

(14/4/2023)

DA SÉRIE

Historinhas dos anos de chumbo

E o fuzileiro naval ficou animadinho

EM CERTO MOMENTO, no início dos anos 70, o MR-8 precisava de três ou quatro carros para uma ação de guerrilha urbana.

Em vez de conseguir um a um, resolveu pegá-los todos de uma vez.

Assim, num fim de tarde/início de noite, alguns militantes entraram numa garagem perto da Praça Mauá, na Zona Portuária do Rio. Lá os carros ficavam com as chaves no painel. Tudo, então, seria mais simples.

Como de praxe na maioria das ações armadas, ficavam sempre militantes do lado de fora, para dar algum tipo de cobertura, caso necessário.

Lá pelas tantas passou na calçada um fuzileiro naval que olhou de alto a baixo o militante na porta da garagem, na cobertura.

A rua não tinha muito movimento e a presença dele isolado realmente chamava a atenção.

O militante ficou apreensivo, pensando que talvez o militar estivesse desconfiando de algo.

Quando, pouco depois, voltou o fuzileiro e, de novo, olhou fixamente para o militante, a dúvida se transformou em certeza.

Diante da situação, este último não titubeou: rendeu o cara, mandou que ele entrasse na garagem com as mãos na cabeça.

Qual não foi a sua surpresa quando o fuzileiro se explicou: "Porra, achei que você era viado..."

Ao final, tudo acabou bem.

A ação chegou ao fim sem problemas.

Uma história repugnante

O LEILOEIRO ALBERTO LOPES anunciou em seu portal na internet um pregão on line em que oferecerá, entre outros itens, uma declaração com firma reconhecida em cartório, do militar da Aeronáutica Marco Aurélio Carvalho dando detalhes sobre a tortura e a morte do preso político Stuart Edgar Angel Jones.

Os episódios aconteceram em 15 de maio de 1971, na Base Aérea do Galeão. O pregão ocorrerá no dia 5 de abril próximo, a partir das 19h. O endereço do leiloeiro é Estrada Coronel Pedro Corrêa, 740 - sala 515, no bairro de Jacarepaguá, Rio de Janeiro.

Diz o site do leiloeiro*: "O documento contém duas páginas datilografadas, com assinatura do oficial reconhecida em cartório, na data de 30 de março de 1976. Trata-se de documento NÃO OFICIAL, particular, de livre e espontânea vontade do declarante. Excelente oportunidade para colecionismo e pesquisadores, sobre os momentos mais sombrios e nebulosos da história do Brasil."

O site informa, ainda, que o lance mínimo inicial é de R$ 800.

---

* https://albertolopesleiloeiro.com.br/peca.asp?ID=16541288

O militar Marco Aurélio Carvalho informa no seu texto que serviu durante dois anos na Base Aérea, do Galeão, sendo "oficial da área de informações". Diz que participou da prisão e do interrogatório de Stuart, que, ele afirma, foi pendurado no pau-de-arara e submetido a choques elétricos e afogamentos. Assim, Carvalho é réu confesso das torturas em Stuart.

Ele afirma ainda que, depois disso, o preso foi levado ao pátio da base, amarrado ao parachoque de um jipe, sendo em seguida arrastado.

No essencial, essas informações não são inéditas. A tortura e a morte de Stuart tinham sido denunciadas numa corajosa carta do ex-preso Alex Polari de Alverga, que conseguiu ver, por entre as grades da janela de sua cela no Galeão, o martírio de Stuart e seu sufocamento ao ter a boca colocada no cano de descarga do jipe.

O episódio nos permite, porém, algumas reflexões sobre a Lei da Anistia e suas interpretações.

A lei anistiou crimes políticos e "crimes conexos" a eles. É possível considerar os crimes cometidos pelos assassinos de Stuart como crimes conexos aos que Stuart era acusado de ter cometido (participar de uma organização clandestina que lutava contra a ditadura)?

Ora, "crime conexo" a um assalto a banco, por exemplo, é o roubo de um carro a ser usado na operação. Assim, o crime maior incorpora, para efeito penal, o menor. Mas um torturador que, por hipótese, estupra uma presa política estará cometendo um "crime conexo" ao crime que teria sido cometido por ela?

O absurdo dessa interpretação é evidente.

No entanto, ela tem sido aceita (até pelo STF!) para inocentar torturadores de presos políticos.

Mais: é sabido que a anistia não foi estendida aos opositores da ditadura acusados de terem cometidos o que esta última classificou de "crimes de sangue". Assim, ficaram excluídos da anistia militantes políticos que tivessem participado de ações armadas com mortos ou feridos. Por isso, mesmo depois de a anistia ter sido aprovada, muitos opositores da ditadura continuaram presos, só ganhando a liberdade com a modificação da Lei de Segurança Nacional, que permitiu aos advogados de defesa pedirem o recálculo e a revisão das penas.

Como, então, essa coisa de "crimes de sangue" não se estendeu aos crimes dos agentes da ditadura, permitindo que – além do absurdo da interpretação dos tais "crimes conexos" – eles tenham sido beneficiados com a anistia, mesmo tendo assassinado presos?

Bom, dito isso, resta registrar minha repulsa pelo fato de que há gente (o próprio torturador ou parentes seus e o leiloeiro) querendo ganhar dinheiro com episódios desse tipo.

É de dar asco.

PS 1 – Depois que a denúncia começou a circular, o leiloeiro retirou o documento do oficial da Aeronáutica do pregão. Este vai se realizar na data prevista, mas o depoimento do torturador confesso não mais será leiloado. Ele teria sido comprado, fora do leilão, por um advogado para dar de presente à família de Stuart.

PS 2 – Surgiu também, depois, uma versão de que o tal documento firmado pelo militar teria sido confeccionado para uso na realização de um filme sobre a morte de Stuart. Ele, no entanto, traz informações fidedignas sobre o ocorrido. Não foi possível confirmar a veracidade dessa versão. Como, de qualquer forma, alguém tentou usar um episódio revoltante para auferir lucro, optamos por manter o texto na coletânea, fazendo esta ressalva.

(24/3/2023)

Lições de Galeano, Mestre Marçal e Sêneca

VENCIDA A DURA batalha eleitoral contra Bolsonaro e afastado, por enquanto, tudo o que representava para o País o enorme risco de mais quatro anos de um regime protofascista, é preciso se ter em conta que a gestão de Lula não vai ser um mar de rosas. O quadro internacional não é o mesmo de seu primeiro governo e a busca da "governabilidade" o obriga a concessões ao Centrão, que abriga a direita fisiológica e corrupta.

Se isso não for feito, a maioria reacionária do Congresso ameaça paralisar o governo. Houvesse um movimento de massas forte, a situação seria outra. Mas no quadro atual de relativo marasmo, que, em termos imediatos, até certo ponto independe do governo, parece irrealismo não tentar incorporar no apoio a ele até mesmo partidos de direita que se descolem do bolsonarismo.

Os problemas já começaram a aparecer e serão uma constante ao longo do mandato. Afinal, como dizem os chilenos, "*quien se acuesta com niños, amanece mojado*". Primeiro foi a foto da ministra do Turismo, Daniela Carneiro, do tal União Brasil, com um miliciano. É sabido que ela circula com seu marido e mentor político, Waguinho, em terrenos dominados por esse tipo de gente. O menos importante aí são as fotos em que ela aparece ao lado de criminosos. Político em campanha está sujeito a isso. Mas parece inegável que seu grupo tem relações próximas com milicianos que operam na Baixada Fluminense.

Depois surgiram denúncias contra Juscelino Filho, também do União Brasil e ministro das Comunicações – aliás, um cargo estratégico e que certamente não deveria ficar com gente desse tipo. Proprietário de um haras, ele foi flagrado tendo requisitado um jatinho da FAB para participar de um leilão de cavalos. Além disso, usou recursos públicos para asfaltar a estrada que serve a uma fazenda de sua família.

Nos dois casos, Lula preferiu não demitir os ministros, optando por aproveitar os episódios para exigir do partido deles um apoio parlamentar mais claro. Errou? Pode ser que sim, pode ser que não, mas deve-se ter em conta o equilíbrio instável em que navega o governo, diante de um Congresso que é o que se sabe...

Episódios como estes – e até mais graves - voltarão a acontecer. A imprensa não terá contemplação e nem seria o caso de se esperar o contrário. É preciso, porém, ter presentes duas coisas.

Primeiro, a necessidade de implementar medidas que mostrem que há um novo governo, antenado com os problemas do povo, dando ampla divulgação a elas. Isso é particularmente importante em relação a promessas de campanha que incidam na vida das pessoas. Eu me refiro a coisas como reajuste do salário-mínimo acima da inflação, mudança da tabela do Imposto de Renda, reequacionamento das dívidas das famílias, investimentos massivos para a criação de empregos e melhorias imediatas nos serviços públicos, especialmente saúde e educação.

Algumas dessas medidas já começaram a ser tomadas, mas sem um expressivo esforço para dar-lhes ampla repercussão. E, em certos casos, o impacto delas acabou sendo mitigado por declarações do ministro Fernando Haddad, que parece mais preocupado em falar para o mercado financeiro.

O segundo aspecto a se ter em conta é a necessidade de muita clareza sobre onde se quer chegar. Desde seu início, o governo Lula tinha dois papéis a cumprir: (1) derrotar Bolsonaro, fortalecer a democracia e enfraquecer a extrema-direita, afastando o risco da volta de um governo fascista, e (2) tomar uma série de medidas que, mesmo sem serem reformas profundas que abram caminho para o socialismo, melhorem significativamente a vida do povo, além de interromperem o processo de entrega do patrimônio público e de enfraquecimento da soberania nacional. Cumprir esses papéis, sem perder o rumo, é essencial.

É, mais ou menos, como certa vez afirmou o escritor uruguaio Eduardo Galeano, ao explicar numa conferência para que servia a utopia, já que ela é um objetivo inatingível. Em outras palavras, ele disse: "Serve para nos mostrar a direção que devemos seguir".

O falecido Mestre Marçal, integrante de uma família lendária no samba carioca e grande partideiro, do alto de sua sabedoria popular afirmou certa vez em seus versos algo que cabe aqui também para fortalecer a ideia de que é preciso ter objetivos claros e saber para onde caminhar no governo Lula: "Quem procura o que não perdeu, quando encontra não conhece".

E, por fim, coisa semelhante disse Sêneca (4 a.C. – 65 d.C.), pensador romano contemporâneo de Cristo: "De nada serve a direção do vento para o navegante que não sabe onde quer chegar".

Assim, que o governo Lula faça as concessões necessárias para não ter inviabilizada sua caminhada. Mas sem se perder nelas, tendo sempre presente seu rumo e seus objetivos, sabendo que, se frustrar as expectativas nele depositadas, sairá da História pela porta dos fundos.

Isso seria uma tragédia para o povo brasileiro.

(14/3/2023)

República do deixa disso

É SABIDO QUE Pero Vaz Caminha, em sua carta ao rei de Portugal informando o "descobrimento" de terras pelas caravelas chefiadas por Pedro Álvares Cabral, aproveita o ensejo e pede a sua majestade um favor para um parente. É como se este espaço em que vivemos, e que depois se tornaria o Brasil, já nascesse com a marca do "jeitinho".

Ao longo dos tempos, a música popular explorou exaustivamente este tema, seja na sua vertente mais comercial, seja de em sambas e marchas cantadas no carnaval de maneira mais informal.

Em 1989, o bloco Suvaco de Cristo carioca desfilou com um samba antológico, de Lenine e Bráulio Tavares, que tratava do tema. Ele dizia assim:

"República dos vira-latas / Das concordatas /Do economês
República do golpe baixo / E muito escracho / Bem nos cachos de vocês
República do deixa disso / E lá no banco suíço /A grana engordou"

Aliás, já na sua origem esse bloco se viu envolvido numa encrenca só resolvida com um jeitinho. Como desfila no bairro do Jardim Botânico, embaixo dos braços do Redentor, recebeu o nome de Suvaco do Cristo. Mas isso desagradou a Arquidiocese do Rio de Janeiro, que considerou o nome desrespeitoso e ameaçou recorrer à polícia e à Justiça para proibi-lo. Afinal, suvaco pareceu às autoridades religiosas uma parte menos nobre do corpo e associá-la a Cristo seria uma afronta à Igreja. Depois de negociações, a agremiação carnavalesca cedeu, aceitando retirar Cristo de seu nome. Oficialmente passou a se chamar apenas Suvaco.

Problema resolvido, mas só no faz de conta. O bloco continuou a ser conhecido como Suvaco de Cristo.

Em governos como o de Bolsonaro, as características de república dos vira-latas ganharam corpo. Os exemplos se acumularam e o último deles a ser descoberto (tenho ciência de que é um risco usar a palavra "último", porque logo pode surgir um novo) é a tentativa de contrabandear um mimo do sanguinário ditador da Arábia Saudita à então primeira dama Michele, aquela mesma que recebia cheques do faz-tudo Queiroz em sua conta particular.

As mais variadas versões para explicar o verdadeiro batom na cueca foram apresentadas por Bolsonaro, por Michele, por um dublê de "mula", almirante e ministro e por seus auxiliares – aí incluído um militar enviado num jatinho da FAB de Brasília ao aeroporto de Guarulhos com a missão de recuperar as joias contrabandeadas. Elas estão avaliadas em mais de R$ 16 milhões e tinham sido retidas por funcionários da Receita Federal em cumprimento de determinações legais.

Nunca como no governo Bolsonaro a nossa república dos vira-latas foi tão república dos vira-latas. Nunca a Presidência da República e as Forças Armadas – instituições que deveriam ser respeitadas – foram tão achincalhadas.

Aeronaves da FAB a serviço do presidente foram usadas para tenebrosas transações: desde tráfico internacional de drogas até contrabando de joias. Não à toa, na versão Bolsonaro desta república dos vira-latas em que vivemos multiplicaram-se piadas como a que bombou nas redes sociais nos últimos dias:

"Diálogo num avião da FAB: Tudo joia? / Não, tudo não/ Parte é cocaína."

(6/3/2023)

Qual é a de Haddad?

É PREOCUPANTE A identidade dos editoriais da grande imprensa com o que diz a todo momento o ministro da Fazenda de Lula, Fernando Haddad.

Tenho amigos em quem confio que já me garantiram que ele não é um novo Joaquim Levy (não vou compará-lo a Antônio Palocci porque não o tenho na conta de mau caráter).

Um outro amigo me disse que ouviu de um defensor do Haddad mais ou menos o seguinte: "Ele não é neoliberal, só não tem energia para se contrapor aos neoliberais".

Enfim, não saberia defini-lo, mas me preocupa que na prática ele acabe formando um quarteto com gente como os ministros da Defesa e das Relações Exteriores e o presidente da Petrobrás.

E vejam que estou falando de gente indicada pelo PT, e não pelo Centrão.

(1º/3/2023)

Bola dentro de Alexandre de Moraes

PARA DESGOSTO (E até revolta) de muitos militares, o ministro Alexandre de Moraes determinou que todos os envolvidos no ataque de 8 de janeiro às instituições - civis ou militares - sejam julgados pelo Supremo Tribunal Federal (STF).

Essa decisão, radicalmente republicana, é da maior importância. A existência, em si, da Justiça Militar, fora de situações de guerra é algo discutível. Mas querer que os militares envolvidos no quebra-quebra e naqueles atos de vandalismo sejam julgados por ela significa considerar que eles estavam lá como militares. A rigor, seria até mais grave. Daqui a pouco os milicos vão querer ser julgados pela Justiça Militar por qualquer ato que pratiquem. Aí, foda-se a república.

Parabéns ao ministro.

(28/2/2023)

O governo mudou. E isso tem que ficar claro

RECENTE PESQUISA DA Genial/Quaest mostra um quadro positivo para o governo Lula. Parte disso deve ser creditado a meia dúzia de iniciativas. No entanto, o que mais chamou a atenção das pessoas foi algo que sequer estava destacado no programa de Lula: a atenção aos ianomâmis. De certa forma confirmou-se o dito popular que uma imagem vale por mil palavras. E as imagens que mostraram indígenas esquálidos lembraram às de campos de concentração nazistas.

Além disso, a intentona de 8 de janeiro foi um tiro no pé dos golpistas, tendo sido muito mal recebida pela população. Diante do fiasco, a cúpula do Exército, pela passividade ou, pior, pela cumplicidade, teve que aceitar sem reclamar a destituição de seu comandante.

O presidente se fortaleceu na relação com as Forças Armadas, apesar da péssima escolha para o titular do Ministério da Defesa. Múcio parece mais empenhado em bajular os militares e não em se comportar como alguém hierarquicamente superior a eles.

O fato é que, de novo, ficou claro que, na relação com militares, ou você manda neles, ou obedece a eles. Por isso, muitas vezes, as coisas só entram nos eixos quando a política de apaziguamento é substituída pela demonstração de autoridade. Foi o que fez Lula.

Naquele episódio ficou demonstrado, que o Gabinete de Segurança Institucional (GSI), a Agência Brasileira de Inteligência (Abin) e o Comando Militar do Planalto, entre outros, precisam também ser reformulados.

De qualquer forma, novo teste na relação de Lula com as Forças Armadas pode vir daqui a pouco mais de um mês, no dia 31 de março, data que, para elas, é o aniversário do golpe de 1964. Dado o profundo desgaste das Forças Armadas, depois de terem sido usadas por Bolsonaro, o mais provável é que nenhum setor delas se atreva a promover ou participar de manifestações antidemocráticas. Mas, caso isso ocorra, Lula não pode titubear. Deve punir os indisciplinados de acordo com o previsto nos regulamentos disciplinares.

Mas o governo precisa ir adiante. É necessário mostrar que as coisas mudaram não apenas no que diz respeito à compostura do mandatário máximo. Até agora, os aplausos a Lula estão mais ligados a certo efeito comparação com o genocida. É preciso mostrar que os compromissos de campanha serão cumpridos.

Apesar do incômodo de Fernando Haddad, que às vezes parece mais preocupado em ficar bem com o capital financeiro do que com o eleitorado de Lula, já foi anunciado um aumento real para o salário-mínimo.

É necessário atacar, imediatamente, pelo menos, mais dois pontos fundamentais, além de combater os juros altos, o que já tem sido feito: o programa Desenrola, que equaciona as dívidas das famílias endividadas, que são milhões, e o reajuste da tabela do Imposto de Renda. A cada ano que isso não acontece, muitas pessoas pulam de faixa e passam a pagar mais imposto. Isso, sem falar no necessário aumento da faixa de isentos.

A defesa da democracia é fundamental e, nesse terreno, Lula tem obtido vitórias.

Mas é preciso, desde o início do governo, mostrar a milhões de brasileiros que, também do ponto de vista material, a vida está mudando. Sem isso, não haverá base social que possa se contrapor às pressões dos militares de extrema-direita e do mercado financeiro, ambos com representantes inclusive dentro do governo.

(15/2/2023)

Só impostores tratam a macroeconomia como ciência exata

UMA OBSERVAÇÃO OPORTUNA foi postada recentemente por um amigo nas redes sociais. Junto à imagem de um papagaio, a legenda dizia: o bicho aprendeu a repetir as expressões "corte de gastos" e "ajuste fiscal" e foi contratado como comentarista de economia na grande imprensa. A brincadeira é mais verdadeira do que parece. O debate econômico nos jornalões e nas emissoras de TV parece o samba de uma nota só.

Recentemente, uma crítica de Lula aos juros altos e à chamada "independência do Banco Central" deu margem a uma profusão de críticas. Aliás, cabe a pergunta: "Independente de quem ou de quê? De um governo eleito pelo povo, ou dos bancos e do chamado mercado?"

Vale lembrar que o Banco Central é um dos principais instrumentos da política econômica. Por definição, entre outras coisas deve zelar pela estabilidade dos preços e fomentar o pleno emprego. Não tem sentido retirar o seu controle das mãos do governo eleito, nem exigir que este aplique a política do candidato derrotado. Mais ainda quando, como no caso do Brasil, a dívida pública é em reais e, como lembrou em recente artigo André Lara Resende, sempre há o recurso de emitir moeda. A propósito, essa autonomia (seria melhor dizer blindagem) do BC foi criada no governo Bolsonaro em fevereiro de 2021.

O Brasil tem a maior taxa de juros reais do mundo (8,16%, já descontada a inflação). Numa lista de 40 países, divulgada pela gestora de recursos Infinity Asset, publicada pelo portal Poder 360*, está em primeiro lugar. Isso faz o jogo dos bancos e prejudica os investimentos e a criação de empregos. Aliás, vários países desenvolvidos têm taxas de juros reais negativas.

Mas o mundo veio abaixo com as críticas de Lula. Até integrantes da área econômica do governo correram para amenizar suas palavras e agradar ao "mercado". Não lhes faria mal um puxão de orelhas.

Um argumento é usado na defesa da independência do BC: a economia não pode ficar à mercê de comportamentos demagógicos. É verdade. Mas a saúde pode? A educação pode? O meio ambiente pode? Ora, uma infinidade de exemplos semelhantes poderia ser dada.

A chamada grande imprensa, que em sua maioria funciona como porta-voz do grande capital, parece não levar em conta o fato de que Lula venceu a eleição. E que, por isso, não faz o menor sentido que seja exigido dele que aplique a política de seu adversário derrotado.

Celso Furtado várias vezes chamou a atenção para a necessidade de a direção do BC ser composta por servidores públicos exemplares, numa crítica à porta giratória em que

---

* (https://www.poder360.com.br/economia/brasil-tem-os-maiores-juros-reais-do-mundo/)

executivos de bancos circulam entre cargos no BC e na banca privada. Essa promiscuidade só serve aos interesses do capital financeiro, até porque a direção do BC dá acesso a informações reservadas sobre as carteiras de todos os bancos.

Por fim, nunca é demais repetir: a macroeconomia não é uma ciência exata. Não há apenas uma política possível. Há várias, conduzindo a resultados distintos e respondendo a interesses diferentes. Por isso, é desonestidade jornalística a grande imprensa apresentar supostos "especialistas" para dar credibilidade para tal ou qual política proposta.

Para cada "especialista" opinando como o papagaio citado no início deste artigo, na defesa de "corte de gastos" e "ajuste fiscal", poderia ser trazido outro sustentando prioridades diferentes, como crescimento econômico e criação de empregos.

É questão de gosto.

Ou, melhor, de interesses.

(9/2/2023)

Sobre governabilidade e outras coisas mais

HÁ POUCOS DIAS, o ministro de Defesa, José Múcio, que não se comporta como superior hierárquico dos militares mais graduados, e sim como subordinado, afirmou que negociaria com eles para que não houvesse comemorações nos quartéis do aniversário do golpe, em 31 de março. Ora, não é assim que a banda toca. Ou, pelo menos, não é assim que ela deve tocar.

Numa democracia, é preciso haver subordinação das Forças Armadas ao poder civil. Mas no Brasil, desde a Guerra do Paraguai (1864-1870), há mais de 150 anos, portanto, os militares assumiram enorme presença na política do País. Suas intervenções se sucedem no tempo. Mais recentemente, mesmo depois da ditadura militar (1964-1985) e da promulgação da Constituição de 1988, eles se consideram um poder moderador da República - mais ou menos o que era o imperador no período monárquico.

É verdade que o artigo 142 da Constituição é dúbio. Diz ele: "As Forças Armadas (...) organizadas com base na hierarquia e na disciplina, sob a autoridade suprema do Presidente da República, destinam-se à defesa da Pátria, à garantia dos poderes constitucionais e, por iniciativa de qualquer destes, da lei e da ordem."

Ora, são três os poderes: Executivo, Legislativo e Judiciário. Se um deles pede a intervenção militar, sem que outro concorde, quem decide o que será feito? O presidente? O próprio Exército?

É evidente que o artigo citado tem que ser suprimido do texto constitucional, seja por razões políticas, seja pela sua péssima redação, que dá margem a dubiedade. Mesmo que o Supremo Tribunal Federal (STF), o intérprete da Constituição por excelência, já tenha deixado claro que esse artigo 142 não significa que as Forças Armadas sejam um poder moderador da República, volta e meia ele é esgrimido por golpistas que pedem intervenção militar e deposição de governos legitimamente constituídos.

Os militares devem se dedicar à defesa externa e à segurança das fronteiras, do espaço aéreo e das águas territoriais. A noção de inimigo interno deve ser sepultada e as Forças Armadas não têm que se envolver em política. As diferenças internas na sociedade devem ser resolvidas no plano da luta política, conforme determinam as regras legais.

Aliás, as Forças Armadas não devem se envolver tampouco no combate à criminalidade, seja no País, seja no exterior. A intervenção militar no Haiti, estimulada pelos Estados Unidos e realizada sob a bandeira da ONU, foi um erro grave que ajudou a deformar a mentalidade de parte importante dos generais brasileiros.

É verdade que a forma como se deu o fim da ditadura militar brasileira contribuiu para que a sombra dos militares permanecesse pairando sobre o País. Ela não foi derrubada, nem saiu com o rabo entre as pernas, como ocorreu na Argentina, com a guerra das Malvinas. Aqui houve um processo de transição, em boa parte controlado pelas próprias Forças Armadas. Por isso, se opositores acusados dos chamados "crimes de sangue" ficaram fora da anistia, o mesmo não aconteceu com militares com as mãos sujas por torturas e assassinatos de presos políticos.

Mesmo crimes cometidos depois da aprovação da Lei da Anistia – como o atentado ao Riocentro - acabaram relevados. Como se a anistia funcionasse também para militares que cometeram crimes depois da aprovação da lei...

O fato é que a "questão militar" até hoje é um desafio a ser enfrentado no processo de consolidação da nossa democracia.

Depois da intentona perpetrada no dia 8 de janeiro pelos bolsonaristas, Lula acertou ao exonerar o comandante do Exército. Outras mudanças ocorreram e ainda estão ocorrendo, podendo ir mais longe, a partir da apuração completa das responsabilidades (por ação, omissão ou incompetência) do Comando Militar do Planalto, do Batalhão de Guardas que protege o Palácio do Planalto, do Gabinete de Segurança Institucional (GSI) e da Agência Brasileira de Informações (Abin).

O próprio ministro da Defesa já demonstrou de forma cabal não ter o perfil adequado para o posto e é candidato a perder o cargo.

É verdade que – a par de ser promovida uma mudança nos altos escalões militares e uma redefinição do papel das

Forças Armadas - é preciso tentar uma boa convivência com elas: isso significa prestigiá-las (não interessa ao País a desmoralização que sofreram no período Bolsonaro), dar uma definição clara de seu papel e afirmar de maneira a não deixar dúvidas sua subordinação à Constituição e à hierarquia, de forma a não permitir manifestações políticas de militares na ativa.

Na busca da governabilidade, é possível que se faça, em algum momento, uma ou outra concessão. Mas a afirmação da autoridade é essencial. Na relação com militares, ou se obedece a eles, ou se manda neles. Para isso são educados. Assim, que ninguém se iluda: Lula saiu fortalecido com a demissão do comandante do Exército.

Aliás, em dez dias o presidente marcou três gols de placa: a demissão do general Arruda, a visita aos ianomâmis e a viagem à Argentina para a reunião da cúpula da Celac (Comunidade de Estados Latino-Americanos e do Caribe). Mostrou iniciativa política, definiu a pauta e afirmou sua autoridade. Em matéria de construção da governabilidade, isso valeu por dez concessões aos fardados.

Agora, depois que as sucessões no comando da Câmara e do Senado transcorreram bem, dentro do possível, é seguir em frente, tocando questões de grande apelo popular e que foram promessas de campanha: reajuste do mínimo acima da inflação, medidas para combater o endividamento das pessoas e correção da tabela do Imposto de Renda.

Isso permitirá enfrentar a questão da governabilidade de outro ponto de vista, também essencial: atacando pontos que incidem diretamente na vida da maioria da população.

E – claro - é bom não esquecer de dar um puxão de orelhas em Fernando Hadad, quando este vier a público dizer que tal ou qual promessa de campanha de Lula não poderá ser cumprida, querendo bajular o chamado “mercado”.

A governabilidade tem que ser construída por aí também.

Afinal, às vezes a melhor defesa é o ataque.

(2/2/2023)

Nada de estimular preconceitos

APRENDI NO JORNALISMO que ressaltar certas características de um criminoso que não tenham relação com o crime praticado pode fortalecer preconceitos.

Exemplos: “Negro mata ...”, “Nordestino assalta...”, ou ainda “Homossexual pratica estelionato...” E por aí vai.

Isso vem acontecendo no noticiário sobre os crimes cometidos por esse anestesista que abusou de pacientes mulheres. Tem sido destacado no lide (e, às vezes, no título) de várias matérias o fato de ele ser colombiano.

O que isso tem a ver?

Esse comportamento não estimula preconceitos?

(25/1/2023)

Pelé, o melhor de todos

DESDE MUITO JOVEM pratiquei e me interessei por esportes. Já com quase 10 anos de idade, acompanhei a Copa da Suécia ouvindo os jogos num radinho de pilha.

Foi quando fui tomei ciência da existência de Pelé, na época com 17 anos recém completados.

Depois, ao longo dos anos 60, Pelé estava no auge e o Santos, time em que jogava, era o melhor do mundo.

Outra coisa, porém, fez com que eu me aproximasse dele: naquela época, o Santos praticamente adotou o Rio de Janeiro como sua cidade e o Maracanã como sua casa para todas as partidas que não fossem pelo campeonato paulista. E lotava o estádio (que, antes de ser desfigurado por Sérgio Cabral, recebia sempre mais de cem mil pessoas nos jogos importantes). Isso fez com que toda uma geração de cariocas passasse a ter dois times. No meu caso, Flamengo e Santos.

Morava no Leblon, que naquela época não era um bairro chique, como se tornou depois. No centro do quarteirão em que estava o meu prédio, havia um terreno baldio que foi transformado em campinho de futebol. Nossas partidas e os campeonatos de que participávamos reuniam sempre muita gente para assistir.

E, que camisa que o time da minha rua usou durante anos? A do Santos.

Assim, durante minha adolescência o amor pelo Santos – e, claro, por Pelé – foi sendo moldado por assistir a suas partidas no Maracanã e por jogar, nos domingos pela manhã, com o seu uniforme.

Bom, falar de Pelé, como jogador, seria chover no molhado. Era completo. Fazia tudo bem. Aliás, fazia tudo quase sempre melhor do que os demais.

Como afirmou certa vez Luís Fernando Veríssimo, a inteligência, o talento, a velocidade, a força e a explosão de Pelé estavam sempre voltados para o gol. Ele nunca driblava por driblar, jamais fazia alguma jogada de efeito que não fosse para a frente e para atingir o objetivo maior do futebol, o gol.

Gosto da Argentina, adoro Buenos Aires. Acho uma bobagem certa rivalidade entre os dois países, de um lado e do outro, muitas vezes estimulada por narradores esportivos. Gosto do futebol, da música e da literatura argentinas.

Para implicar com meu irmão Léo, de vez em quando digo que Maradona e Pelé eram equivalentes. Mas é só implicância.

Maradona era um gênio, mas Pelé era Pelé.

(30/12/2022)

A encruzilhada do PSol

EVIDENTEMENTE, O PSOL vai defender o governo Lula dos ataques da direita. Não há dúvida, também, de que tentará fortalecer os aspectos progressistas desse governo e que, na sociedade, vai continuar sustentando as reformas que beneficiem os trabalhadores e fortaleçam a democracia.

Mas o partido vai reconhecer o governo Lula como um governo seu? Vai participar dele, assumir responsabilidades, claro que sempre guardando seu direito de crítica? Esta é uma questão que, hoje, divide o partido.

Recentemente a deputada Sâmia Bonfim (SP), líder do PSol na Câmara, afirmou que, mesmo sem ter ainda uma posição oficial, a bancada federal já tem uma posição majoritária no sentido de não participar do governo.

Sâmia foi criticada pelo deputado eleito Guilherme Boulos (SP) por ter se adiantado à reunião da bancada. Boulos não esconde ser favorável à participação do PSol no governo Lula.

Há, ainda, quem tenha posição diferente de Sâmia, mas é mais cauteloso que Boulos ao definir a relação do PSol com o governo Lula. Assim, há quem prefira falar em autonomia em relação ao governo e discutir caso a caso convites para ocupar cargos no governo, tendendo a limitar a aceitação a militantes com expressão no movimento popular e que forem para o governo como representantes desses movimentos.

O fato é que, hoje, dificilmente, o PSol terá unanimidade em torno a essa questão, que, pela sua importância, poderá até mesmo ter consequências para a unidade do partido.

Minha posição é clara. Penso que o partido deve ver o governo Lula como seu e participar dele – o que não significa deixar de fazer as críticas que considere pertinentes. Lembro inclusive que, no primeiro governo Lula, o vice-presidente José Alencar não deixava de fazer reparos à política econômica. E isso era visto como natural e aceitável.

Devo dizer que não tenho essa posição por acreditar que este governo Lula será mais à esquerda do que os anteriores. Não será.

Tampouco penso que a posição de o PSol participar do governo deve ser motivada por um compromisso do PT de apoiar a candidatura de Boulos à prefeitura de São Paulo em 2024. Se é que houve mesmo um acordo nesse sentido, compromissos desse tipo se diluem passados dois anos...

Minha posição leva em conta algumas questões:

(1) A eleição presidencial está decidida, mas a polarização com o nazifascismo continua e estará no cenário político por muito mais tempo. A consolidação da democracia é tarefa que ainda demandará tempo e esforço.

(2) Bolsonaro deixou o País e o Estado em frangalhos e o governo Lula tem diante de si uma gigantesca tarefa de reconstrução nacional.

(3) A base social da esquerda, aí incluída a do PSol, se vê representada nesse governo e não espera outra posição que não seja cooperar e participar dele.
(4) Um fracasso do governo será um fracasso de toda a esquerda. E seria esquerdismo infantil ver Lula como uma espécie de Kerenski que poderia ser ultrapassado pela esquerda num processo revolucionário.

Lembro, aliás, dois episódios ocorridos com o PT de antigamente – que se assemelha muito ao PSol, seja nas virtudes, seja nos defeitos.

O primeiro deles foi quando da eleição de Tancredo Neves. O PT esteve na vanguarda da luta pelas eleições diretas. Derrotada a proposta, a sucessão do general Figueiredo seria decidida no Colégio Eleitoral, entre dois candidatos: Paulo Maluf e Tancredo Neves. Isso era um dado da realidade. O que fez, na ocasião, o PT? Recusou-se a participar da eleição, alegando "questão de princípio", chegando a punir os deputados que votaram em Tancredo.

Houve aí, inclusive, uma certa dose de oportunismo, porque se Maluf tivesse chances reais de vitória no Colégio Eleitoral, a tal "questão de princípio" iria para a lata de lixo. Ou alguém duvida de que o PT jamais arcaria com o ônus de ter contribuído para a vitória do candidato da ditadura?

O segundo exemplo foi no governo Itamar Franco. O PT teve participação destacada na mobilização pelo impeachment de Fernando Collor, tinha boas relações com Itamar e foi convidado para participar de seu governo. Mas preferiu ficar fora. O partido chegou a crucificar Luiza

Erundina por ter aceitado um convite de Itamar para ocupar um ministério. De novo, o PT preferiu o papel de "grilo falante".

Enfim, é bom que essa questão seja vista com cuidado. Custará muito caro ao PSol se ele lavar as mãos e se recusar a assumir responsabilidades num momento tão difícil e em que a ameaça nazifascista não está eliminada.

(DEZEMBRO DE 2022)

Os militares e a ajuda emergencial

O EXÉRCITO NÃO vai se pronunciar diante da informação, dada por um órgão oficial, o Tribunal de Contas de União (TCU), de que 79 mil militares da ativa recebem ilegalmente a ajuda emergencial dada aos mais carentes?

Só desempregados têm direito a ela.

Foi tudo iniciativa individual de salafrários fardados?

Pelo vulto do caso é de se supor a participação ou, pelo menos, a conivência de escalões superiores.

Os culpados serão punidos e desligados da Forças Armadas?

Terão que devolver o dinheiro recebido irregularmente?

Numa boa, para quem gosta de se apresentar como reserva moral da nação, é preciso dar algum tipo de satisfação.

Ou não?

(18/11/2022)

DA SÉRIE

Historinhas dos anos chumbo

Afinal, qual era o irmão?

EU JÁ ESTAVA SENDO PROCURADO pelos organismos de repressão, acusado de ter participado do sequestro do embaixador norte-americano, quando eles souberam por um preso torturado que um tal Meninhinho, um militante muito jovem que estava envolvido em ações armadas do MR-8, seria meu irmão.

O DOI-Codi mandou agentes à casa de meus pais prendê-lo. Ocorre que tenho dois irmãos mais novos. Léo, com quatro anos menos; e César, seis anos menor.

O militante era César, o caçula.

Quando os agentes chegaram à casa da minha família, prenderam o Léo. Perguntaram sobre o César, mas minha mãe disse: "Ele é muito menino e não mora no Rio. Vive em Recife, com a família do meu marido, que é de lá".

Léo foi, então, levado para o temido quartel da Rua Barão de Mesquita. Manteve a história de que o terceiro irmão morava em Pernambuco.

Sustentou a inocência de forma verossímil, mesmo ameaçado de tortura.

Trouxeram, então, o tal preso que conhecia o Menininho. Diante do Léo, ele atestou: "Não é este."

Léo foi libertado no mesmo dia, sem levar um tapa. Coisa rara no Doi-Codi.

O Brasil é Milton

ACABO DE ASSISTIR pela TV, emocionado, ao show que marca o encerramento da carreira desse monstro, que é Milton Nascimento. A produção, da Globo Play, foi de altíssima qualidade e o palco escolhido não poderia ter sido melhor: o Mineirão, estádio de futebol em Belo Horizonte, que acabou reunindo 60 mil pessoas ou mais.

Milton compõe, juntamente com Chico Buarque, Caetano Veloso e Gilberto Gil, todos surgidos na segunda metade dos anos 60 do século passado, uma fornada de músicos ainda hoje não superada no País.

Não que, antes disso, não tenha havido gênios na nossa música popular. A existência de Pixinguinha, Noel Rosa e Caymmi, para ficar apenas nessa trinca, desmentiria qualquer afirmação nesse sentido. Mas os que citei ainda estão entre nós.

É um privilégio assisti-los, assim como, no futebol brasileiro, foi um privilégio acompanhar ao vivo a seleção que tinha Pelé, Garrincha e Didi, em 1958/1962, ou a seleção de 1982, sempre citada como exemplo de grandes times que não conquistaram um Mundial. Ou, ainda, aquele time do Flamengo com Zico, Júnior e Leandro, entre outros, no início dos anos 1980.

Houve muita gente boa antes e depois disso, na música e no futebol? Sim, claro. Mas aquelas gerações foram insuperáveis. Pelo menos até agora. Não à toa, décadas depois, esses artistas da bola e das artes musicais ainda estão no topo.

Como disse, me emocionei vendo o show do Milton. E lamentei não ter a meu lado algumas pessoas queridas.

Adianto que isso da emoção não é muita vantagem, porque fico comovido com facilidade. Mas duvido que alguém que goste do Brasil e de música (que, sempre, é uma das marcas mais importantes de qualquer país e de qualquer cultura nacional), não tenha ficado com os olhos cheios d'água ao assistir a esse show.

Abri um Costa Vera – um Cabernet Sauvignon chileno que reputo um dos melhores vinhos dentre os que não são caros – e me deliciei com o espetáculo. Não pude deixar de lembrar o meu pai, Ney, um coronel do exército com tinturas intelectuais – e, como eu, músico frustrado, que também arranhava um violão e era metido a cantar.

Ney também apreciava vinhos. Aliás, depois de algumas taças, costumava lembrar Omar Kayan (1048-1131), um poeta, matemático e astrônomo persa dos séculos XI e XII, e grande admirador de vinhos. É de Kayan essa reflexão:

"Oh, mercadores de vinho, que coisa mais preciosa podeis vós comprar com o fruto de vosso trabalho, senão o próprio vinho..."

Não sei se esse show vai ficar disponível para quem queira vê-lo, mesmo sem assinar o canal de TV. Mas seria um serviço à cultura brasileira se ficasse.

Por fim, é significativo que este espetáculo – aliás, encerrado com um grito "Viva a democracia" de Milton – tenha acontecido agora, a poucos dias de que saia de cena essa gente que ocupou o cenário político nos últimos anos.

O Brasil é Milton, não é essa canalha.

(NOVEMBRO DE 2022)

A ditadura, a direita e a seleção brasileira

A APROPRIAÇÃO DA camisa amarela pelos nazifascistas, a antipatia de alguns dos principais jogadores e o fato de a maioria deles ter jogado mais tempo no exterior do que no Brasil fizeram com que muita gente boa e que gosta de futebol seja indiferente ao desempenho da seleção na Copa do Mundo que começa ainda este mês.

Compreendo isso perfeitamente.

Hoje me sinto mais à vontade torcendo pelo Flamengo (apesar da diretoria bolsonarista) do que por uma seleção da qual não conheço alguns jogadores, porque começaram a carreira no exterior, apesar de acompanhar futebol.

Mas, de alguma forma, a situação me faz lembrar a que vivi em 1970.

Preso em abril daquele ano, lá pelas tantas fui transferido do DOI-Codi para o Dops do Rio, lugar em que, na época, não havia torturas. Lá os presos se recuperavam fisicamente das torturas sofridas e depunham para instruir os processos a que responderiam.

Éramos recolhidos às celas apenas durante a noite. De dia, podíamos circular entre elas, ligadas por um longo corredor.

Estava começando a Copa de 70, a primeira a ser transmitida ao vivo pela TV no Brasil. No setor em que estavam os presos políticos, uma das celas abrigava policiais presos por crimes comuns. Para garantir sua integridade física eles não eram misturados com presos comuns.

Reproduzo, então, a parte de meu livro de memórias "Gracias a la vida" em que trato desse período.

"(...) aproximava-se a Copa do Mundo, disputada no México. O Brasil, depois de ter vencido em 1958 e 1962, fora um fiasco em 1966. Naquele ano, 1970, tinha formado um excelente time e entrava na competição com grandes chances de conquistar o título.

"Os policiais presos na primeira cela tinham, entre outras regalias, um aparelho de TV. Era de um deles, um escrivão chamado Milton. Além da televisão, ele tinha também garrafas de uísque, um refrigerador pequeno, de onde tirava gelo, e algo pelo qual nutria particular apreço: um baralho com fotos de mulheres nuas. Milton -- que, segundo jornais da época, era conhecido também por Milton do Pó -- fora preso pelo célebre policial-bandido Mariel Mariscot, quando achacava um marginal que tinha relações com este último.

"Não sei como, mas Milton soube que eu era amigo de Mariel e me pediu que encaminhasse um pedido de reconciliação a este último. O fato de ele saber que eu conhecia Mariel me deixou desconfiado. Não havia explicação para tal. Efetivamente eu e Mariel tínhamos praticado judô juntos, embora não fôssemos exatamente amigos. Nossa relação era de camaradagem, mas nada além disso.

"Devo dizer, no entanto, que, depois do sequestro do embaixador americano, já muito procurado, certa vez encontrei Mariel. Cada um de nós dirigia um carro e paramos lado a lado num sinal da Avenida Paulo de Frontin, no Rio Comprido. Trocamos sorrisos, nos cumprimentamos com a cabeça e cada qual seguiu seu caminho. Eu estava armado e, certamente, ele também. Mas a impressão que me ficou de Mariel era que ele não traía amizades, ou seja lá o tipo de relação parecida com isso que tínhamos.

"Em troca da minha intermediação junto a Mariel, Milton se propôs a me fazer favores. Convidou-me para tomar seu uísque e participar das partidas de baralho que organizava com os policiais de sua cela. Expliquei-lhe que nós, presos políticos, na cadeia dividíamos tudo o que recebíamos das visitas. Assim, ou ele oferecia o uísque para meus companheiros também, ou seria constrangedor que eu bebesse com ele.

"Mas se eu convidar todo mundo, o uísque acaba", respondeu ele, com uma lógica irrefutável.

"De qualquer forma, minha relação com Milton nos valeu. Consegui convencê-lo a emprestar a TV para que víssemos a Copa. Na hora do jogo de estreia do Brasil, contra a antiga Tchecoslováquia, no dia 3 de junho de 1970, ela foi instalada na maior cela, que chamávamos de Maracanã, e pudemos todos – presos políticos e policiais – acompanhar a partida. O Brasil venceu por 4 a 1.

"Na ocasião, houve uma divisão entre os militantes a respeito de como se comportar. Os militares já ensaiavam uma gigantesca campanha publicitária que tinha como um dos lemas "Brasil, ame-o ou deixe-o". Ela tentava identificar o País com o regime ditatorial vigente e caracterizar os críticos desse último como maus brasileiros. E estava claro que uma vitória da seleção seria utilizada pela ditadura -- como, de resto, costumam fazer todos os governos, inclusive os democráticos.

"Daí ter surgido, entre os presos, a polêmica: deveríamos ou não torcer pelo Brasil?

"Havia argumentos dos dois lados.

"Os que preferiam a derrota da seleção demonstravam, sem deixar de ter razão, que a conquista da taça serviria para aumentar a popularidade do regime militar.

"Os que estavam dispostos a torcer pelo Brasil lembravam que a derrota ou a vitória independiam da posição assumida por 30 presos políticos no Dops do Rio. Ademais, afirmavam, a seleção era do País, do povo brasileiro, não dos militares.

"Não por acaso, os que mais gostavam de futebol tendiam a torcer pela seleção. Já os indiferentes em sua maioria racionalizavam a questão e preferiam a derrota na Copa. Eu me alinhava entre os primeiros.

"A divisão foi mais ou menos ao meio. Mas alguns dos que não queriam torcer pela seleção viraram casaca e, ao final da partida, também festejaram a vitória.

"Quando da partida final da Copa, em junho, repetiu-se a polêmica. Já tinha havido a troca de 40 presos pelo embaixador alemão, que fora sequestrado, e eu estava na Argélia. Parte dos recém-libertados torcia pelo Brasil, enquanto outra parte torcia contra. Assim, a estreia e a final foram os dois únicos jogos do Brasil que pude assistir ao vivo na Copa de 70. O primeiro numa cela no Dops e o segundo em Argel.

"O Brasil venceu e, como esperado, o regime militar capitalizou a vitória. Mais: na véspera da final, o ditador Medici, que efetivamente gostava de futebol e acompanhava as partidas, fez uma previsão sobre o resultado. Seu palpite foi na mosca. Cravou 4 a1 para o Brasil, justamente o resultado do jogo."

De certa maneira, essa pergunta está de novo em pauta. Torcer ou não pelo Brasil nesta Copa que acontece durante o governo Bolsonaro?

Não tenho dúvidas de que, hoje, torço com mais prazer pelo Flamengo do uruguaio Arrascaeta do que pela seleção do brasileiro Neymar.

Como será na Copa, ainda não sei.

Vejamos como as coisas se darão.

(6/11/2022)

Que venha o Estádio Capitão Sérgio

CASO VÁ ADIANTE a ideia, o estádio que o Flamengo pensa em construir na área hoje ocupada pelo Gasômetro na região da Leopoldina, no Rio, deveria receber o nome de Capitão Sérgio de Carvalho. Sérgio, chamado pelos amigos, carinhosamente, de Sérgio Macaco, é mais um desses heróis não conhecidos pelo grande público a quem o Brasil deve uma enormidade. No dia em que formos uma verdadeira democracia, sua história será estudada em todas as escolas do País – em especial nas escolas militares.

Em meados de 1968, em meio às grandes manifestações de rua contra a ditadura, a chamada linha dura – que assumiria o poder em 13 de dezembro daquele ano, com o Ato Institucional nº 5 (AI-5) – já urdia tenebrosas transações.

Uma delas, talvez a mais macabra, era a explosão do gasômetro de São Cristóvão na hora do rush. Os próprios terroristas – militares da Aeronáutica - calculavam que morreriam cerca de cem mil pessoas no atentado. O plano era responsabilizar a esquerda pelo ato terrorista e, em seguida, desencadear um vasto massacre contra opositores da ditadura.

Além da explosão do gasômetro, aqueles psicopatas planejavam ainda sequestrar e jogar em alto mar cerca de 50 líderes políticos. Entre os alvos estavam o ex-presidente Juscelino

Kubitschek, o arcebispo dom Hélder Câmara, o líder estudantil Vladimir Palmeira e o ex-governador do estado da Guanabara Carlos Lacerda, um dos líderes do golpe de 64, àquela altura rompido com o regime.

O plano foi abortado pela coragem do capitão Sérgio. Ele enfrentou seus superiores, de cuja boca ouviu o relato dos planos criminosos, e os denunciou, o que lhe custou a carreira militar

Integrante de uma unidade de elite da Aeronáutica, o Para-Sar, especializada em salvamentos na selva, na época Sérgio tinha 37 anos. Era paraquedista, com 900 saltos e quatro condecorações por bravura. Chamado pelos indígenas de "nambiguá caraíba" (homem branco amigo), era admirado pelos irmãos Villas-Boas, pelo médico Noel Nutels e pelo antropólogo Darcy Ribeiro.

O patrono da Aeronáutica, brigadeiro Eduardo Gomes, uma das pessoas que Sérgio procurou para denunciar os planos criminosos, confirmou a veracidade das denúncias e ficou ao lado do capitão. Isso, provavelmente, salvou a sua vida.

Em 1992, anos depois de terminada a ditadura, o Supremo Tribunal Federal (STF) determinou que Sérgio fosse promovido a brigadeiro, posto que teria alcançado se tivesse permanecido na Aeronáutica. A decisão, porém, não foi cumprida. O presidente Itamar Franco a protelou até depois da morte de Sérgio, vítima de câncer no estômago, em 1994.

Sua família foi impedida pelos militares de enterrá-lo com a bandeira do Brasil sobre o caixão. O corpo foi coberto apenas com uma bandeira do Flamengo, seu time de coração.

Se o estádio do Flamengo no Gasômetro, então, for construído, nada mais justo, que ganhe o nome do Capitão Sérgio.

Não ignoro que a proposta não tem viabilidade prática agora, pois a atual diretoria do Flamengo é bolsonarista e aproveita essa proximidade para tentar junto ao governo federal e à Caixa Econômica Federal, proprietária do terreno, a sua cessão em condições que não se sabe exatamente se são de interesse público.

Mas, caso vá adiante o projeto, nada mais justo do que homenagear Sérgio Macaco, dando seu nome ao estádio. Assim, estará sendo homenageado um grande brasileiro, cuja história tem ligação com o gasômetro.

Hoje esse projeto parece impossível. Mas, da mesma forma como a ditadura militar acabou e o genocida que hoje governa o País vai embora daqui a pouco, os bolsonaristas não estarão para sempre à frente do Flamengo.

Amanhã será outro dia.

Viva o Capitão Sérgio.

(3/8/2022)

A Justiça Militar foi cúmplice das torturas da ditadura

A PARTIR DO trabalho do historiador Carlos Fico e de uma matéria da jornalista Miriam Leitão, voltou à pauta na semana passada a tortura de presos políticos na ditadura e o papel da Justiça Militar no aparato de repressão. Dou, então, aqui um depoimento pessoal que ajuda a esclarecer o papel que ela cumpriu nos chamados anos de chumbo.

Fui preso em 21 de abril de 1970. Segundo o DOI-Codi, eu seria o dirigente responsável pelo setor armado do MR-8 e, individualmente, o militante que tinha participado do maior número de ações de guerrilha urbana no Rio de Janeiro até então.

Mais ou menos uns 20 dias depois, período em que estive sempre incomunicável, fui retirado da cela em que estava recolhido, me vestiram com roupas e sapatos de outros presos, pois já não tinha mais os meus, e fui levado para um local que, a princípio, não tinha como identificar. Era a 1ª Auditoria do Exército.

Só nesse dia a minha prisão foi legalizada. Até então não havia registro oficial dela.

Chegando na auditoria, vi ao longe meus pais e meu irmão Leo. Com eles estava um advogado que conhecia de fotos em jornais, como defensor de presos políticos: Augusto Sussekind. Eu era o único réu presente e aquela era uma sessão em que estava sendo julgado pela participação no sequestro do embaixador Charles Elbrick, dos Estados Unidos, ocorrido em setembro do ano anterior.

A sessão era conduzida por um juiz togado, ladeado por quatro oficiais do Exército fardados. Identifiquei um deles, porque acompanhava futebol e ele participava da comissão técnica da seleção brasileira. Era um capitão de nome José Bonetti.

Não me foi dado o direito de falar com meu advogado antes daquela sessão. Aliás, só pude saber o que acontecia ali quando o juiz passou a palavra para o promotor. Este último leu uma extensa peça de acusação, na qual eu e outros companheiros éramos acusados de ter executado o sequestro de Elbrick.

Terminada a leitura, o juiz perguntou se eu admitia ser culpado do que era acusado. Já tinha resolvido admitir em juízo a minha militância política contra a ditadura e a participação no sequestro – que, por sua repercussão, permitiria fazer algum proselitismo. Mas negaria qualquer envolvimento nas demais ações armadas de que era acusado. Disse, então, que sim, que reconhecia a minha participação no sequestro, mas não corroborava a acusação a qualquer outro nome citado pelo promotor.

Para minha surpresa, porém, em seguida o juiz perguntou se eu gostaria de dizer algo mais. Diante da oportunidade, fiz um discurso denunciando a ditadura e descrevendo com minúcias as torturas sofridas. Disse que tinha muitas marcas no corpo, inclusive queimaduras nos órgãos genitais, pois os choques elétricos que tinha sofrido eram fortes e prolongados, com os fios presos ao meu corpo. Por isso, além das marcas de pancadas as mais variadas, em muitos lugares a pele estava queimada devido aos choques. O mal estar tomou conta do ambiente. Afinal, estavam ali apenas militares ligados ao DOI-Codi e à Justiça Militar, além de meus parentes.

À medida que eu falava, o juiz ia reproduzindo as minhas palavras para que um escrivão as datilografasse, mas omitia as partes mais contundentes. O constrangimento era geral.

Quando cheguei ao fim, meu advogado fez um pedido de exame de corpo de delito – direito reconhecido a qualquer preso que alega maus tratos. O promotor se alvoroçou e solicitou que o pedido não fosse atendido. Segundo ele, eu havia resistido à prisão – o que era verdade - e as marcas que tinha no corpo poderiam ser resultado da briga que travei com os cerca de 20 agentes do DOI-Codi que me prenderam. Naturalmente não explicou como queimaduras no pênis poderiam ser resultado de uma briga. Pois bem, perdi por quatro a zero (na minha memória o juiz togado não votou, talvez tivesse apenas o voto de minerva). Os quatro militares não aceitaram o pedido de Sussekind.

Em seguida, como eu tinha advertido que sofreria represálias por estar fazendo aquelas denúncias, porque ainda estava no DOI-Codi, o advogado pediu que fosse quebrada a minha incomunicabilidade. Seria uma proteção contra novas violências. Mais uma vez o promotor interveio, pedindo que a solicitação não fosse aceita. Segundo ele, eu era um dos "chefes da subversão" e poderia passar instruções para companheiros em liberdade.

Perdi de novo. Mais uma vez por quatro a zero.

Essa era a Justiça Militar.

É verdade que em seu escalão mais alto, o Superior Tribunal Militar (STM), a cumplicidade com os DOI-Codi era menos escancarada. Algumas penas foram reduzidas em recursos àquela corte.

Mas, ainda assim, é de uma ingenuidade atroz pensar que o STM não tinha conhecimento do que se passava nos porões. E – é preciso afirmar com todas as letras - quase sempre foi omisso.

Esta é a verdade dos fatos.

Por fim, deve ser dito que, para a consolidação da democracia no País, é preciso que venham à tona os crimes cometidos pela repressão da ditadura contra seus adversários políticos. Só assim serão criados anticorpos para que aquela barbárie não se repita e o País não corra o risco de voltar a eleger um facínora defensor da tortura para a Presidência da República.

(20/4/2022)

"Del ridiculo no hay vuelta"

EM MEU TEMPO de exílio, morei também no Chile e, depois, fui casado com uma chilena. Aprendi que o povo daquele país, no seu dia a dia, usa à exaustão o recurso a ditos populares. Alguns são deliciosos e expressam de forma muito interessante a sabedoria popular. Um deles, sempre presente quando se fala em política, é o que dá título a este artigo: "Del ridículo no hay vuelta".

Em outras palavras, quando um político cai no ridículo fica em apuros. É difícil dar a volta por cima.

Pois o presidente Jair Bolsonaro tem caído no ridículo a cada dia. E cada vez com mais frequência. E tem levado juntamente com ele as Forças Armadas. Estas deveriam preocupar-se com isso. Nunca foram tanto motivo de galhofa como estão sendo agora.

Vejamos alguns casos.

Como explicar a compra de grandes quantidades de picanha para seus integrantes? Os quartéis vão virar churrascarias?

E a aquisição de quantidades industriais também de bacalhau? Estariam os militares se preparando para a Semana Santa e mudando o cardápio do chamado "rancho" nas unidades militares?

Na lista de compras, obtida em portais oficiais do governo, está também remédio contra a calvície. Por quê? Será isso resultado de um gigantesco acesso de vaidade?

Mas das críticas espantadas com essas compras, as coisas foram além e se tornaram deboche.

Vieram à tona outras informações, sobre vultosas compras de Viagra e de próteses penianas. Nada contra o uso de tais artifícios por parte de pessoas do sexo masculino com dificuldades em conseguir a ereção necessária para o ato sexual. Assim, não tiro a razão do general vice-presidente, Hamilton Mourão, quando protesta: "Eu não posso usar meu Viagra, pô?"

Pode, general, ninguém questiona esse seu direito. Mas o senhor deve comprar o remedinho com o seu dinheiro. Não há razão para nos obrigar a pagar o seu Viagra.

Afinal, o sexo faz parte da natureza humana.

Millor Fernandes já dizia: "Das taras sexuais, não existe nenhuma mais estranha do que a abstinência".

Aldous Huxley tinha dito antes algo semelhante: "A castidade é a mais anormal das perversões sexuais."

Assim, não é o caso de moralismo ou de se defender a abstinência sexual dos militares. A prática do sexo faz bem à saúde. Mas os integrantes da Forças Armadas ganham muito bem (e têm tido reajustes salariais mais do que generosos no governo Bolsonaro). Podem perfeitamente comprar os remédios de que precisem contra uma eventual disfunção sexual.

As esquisitices na lista de compras do Ministério de Defesa não param por aí. Nela consta também botox, usado para cirurgias plásticas de embelezamento. De novo, nada contra quem está insatisfeito com a sua aparência e resolve modificá-la. É problema de cada um. Mas que custeie de seu próprio bolso a compra dos ingredientes necessários para tal. Por que as Forças Armadas têm que comprar botox, gente?

A verdade é que, a cada dia, a liberdade de expressão e a luz do sol se mostram uma pedra no sapato do atual governo. Ele se vê em palpos de aranha para explicar o que faz.

Para os democratas, que compreendem a necessidade de desmascarar Bolsonaro e derrotá-lo em outubro, isso é muito bom. Para a democracia, é preciso varrê-lo do poder.

Assim, que caia mais e mais no ridículo.

Afinal, se os chilenos afirmam que "del ridículo no hay vuelta", Napoleão Bonaparte já advertiu certa vez: "Do sublime ao ridículo há um só passo".

(14/4/2022)

É preciso repudiar a escolha de Sofia

É DE EXTREMA perversidade a situação colocada pelo governo Bolsonaro e seus adeptos. Dizem eles que há duas alternativas: ou se dá calote nos precatórios ou não se paga o auxílio emergencial aos mais pobres.

Como se sabe, precatórios são dívidas do governo já julgadas em última instância e, em relação, às quais houve trânsito em julgado e não cabe mais recurso. Ou seja, têm que ser pagas pelo governo.

Assim, elas entram na previsão orçamentária e devem ser desembolsadas sem qualquer contestação. A maior parte delas tem como credores trabalhadores e funcionários públicos, a chamada raia miúda, não grandes empresas ou bancos. Na maior parte dos casos, é gente que espera o pagamento há anos. Assim, um calote nos precatórios atingiria gente remediada que precisa desses recursos.

Por outro lado, basta andar nas ruas de qualquer cidade brasileira média ou grande para constatar a multiplicação de miseráveis, de gente que não tem emprego, dorme ao relento e vive de catar comida no lixo ou disputar ossos para não morrer de fome.

E não me refiro a uma ou outra pessoa, mas a famílias inteiras: pai, mãe e crianças, com seus colchonetes e cobertores e, muitas vezes, até cachorros, que ajudam a cuidar dos parcos pertences e - por que não? – servem também de companhia àqueles desvalidos.

É gente que, literalmente, já passa fome. Se não lhes for dado pelo governo o auxílio emergencial, parte dela vai morrer de inanição.

A situação posta pelos bolsonaristas lembra o drama descrito por um filme clássico: "A escolha de Sofia". Ele é baseado num romance de William Styron, publicado nos Estados Unidos em 1979, depois, em 1982, levado às telas do cinema pelo diretor Alan J. Pakula.

A personagem principal no filme era uma judia, interpretada por Merryl Streep, que inclusive ganhou o Oscar por seu desempenho magistral. Ela estava presa no campo de concentração de Auschwitz com um casal de filhos pequenos. Em dado momento, um oficial nazista, mostrando a quanto um ser humano pode chegar na crueldade, lhe informa que as duas crianças seriam assassinadas, mas isso poderia ser evitado. A mãe poderia escolher uma para ser salva. A outra morreria, mas só aquela.

A mãe acaba optando por salvar o menino, mas sabendo que, com isso, condenava à morte a irmã. Naturalmente, carrega o trauma pelo resto da vida.

De forma parecida agem os bolsonaristas. Querem que seja feita uma escolha de Sofia.

Ou os trabalhadores que contam com o recebimento dos precatórios que o governo lhes deve há tempos levam o calote, ou os miseráveis ficam sem auxílio emergencial.

Mas não haverá alternativa?

Sim, há.

É só usar os recursos que serão entregues aos deputados federais para que eles adubem suas bases eleitorais e turbinem suas reeleições no ano que vem.

Prisioneira em Auschwitz, Sofia podia não ter tido alternativa.

O Brasil tem.

É buscar nessas vergonhosas emendas individuais do orçamento secreto os recursos para salvar vidas dos pobres e, concomitantemente, pagar o que é devido aos trabalhadores pelos precatórios que lhes são devidos pelo estado.

(24/11/2021)

Reflexões sobre bananinhas

É SABIDO QUE pessoas muito preocupadas com a sexualidade alheia são inseguras em relação à sua própria sexualidade. Afinal, por que alguém se incomodaria se um homem gosta de dormir com outro homem ou uma mulher dorme com outra mulher?

Assim, é batata: atrás de um homofóbico quase sempre se esconde alguém inseguro em relação à própria orientação sexual.

Não há como pensar nesta verdade ao se ver as reiteradas declarações de Jair Bolsonaro e seus filhos em relação a homossexuais. A insegurança deles é flagrante.

O presidente afirmou mais de uma vez que preferia ver um filho morto do que aos beijos com "algum bigodudo".*

Raciocínio semelhante em relação ao mesmo tipo de insegurança pode ser dito diante de um incômodo que gerou uma ação judicial de um dos filhos do presidente, o deputado federal Eduardo Bolsonaro, junto ao STF. O distinto pediu que a Corte Suprema proibisse que ele fosse chamado pelo apelido Bananinha, que, supostamente, faria menção ao tamanho reduzido de seu órgão sexual.

---

* (https://www.terra.com.br/noticias/brasil/bolsonaro-prefiro-filho-morto-em-acidente-a-um-homossexual,cf89cc00a90ea310VgnCLD200000bbcceb0aRCRD.html)

Ora, cabem aqui alguns comentários.

O primeiro é que, pelo visto, o cidadão não teve uma infância normal. Parece que foi criado debaixo da saia da avó. Qualquer um sabe que a melhor forma de um apelido se afirmar é o atingido mostrar que se incomodou. Aí mesmo é que a coisa pega.

Quem quer que não tenha sido criado em playground, sabe que passar recibo do desconforto com alguma gozação é o melhor caminho para que ela se consolide.

De qualquer forma, não sei – e nem tenho interesse em saber – se a gozação sobre o tamanho do órgão sexual de Eduardo faz sentido ou não. Mas, diante da reação do atingido, pelo visto o apelido veio para ficar.

Sei, ainda, que, segundo variados depoimentos de moças que conheci, a satisfação sexual das mulheres não está diretamente relacionada com o tamanho do órgão sexual masculino, e sim com uma série de outros fatores que não preciso enumerar aqui.

Aliás, as moças dizem, também, que parceiros muito preocupados com questões como a que incomoda Eduardo em geral mostram insegurança e, com homens inseguros, aí sim, as coisas na cama arriscam a desandar.

Pois bem, o STF – que certamente tem mais o que fazer - não acolheu o pedido de Eduardo Bolsonaro.*

Segundo o portal Metrópoles, o parlamentar analisa agora entrar com um embargo de declaração, que é uma espécie de recurso com a finalidade de esclarecer contradição

* https://www.pragmatismopolitico.com.br/2021/11/stf-rejeita-acao-eduardo-bolsonaro-contra-apelido-bananinha.html

ou omissão na decisão tomada pelo STF*. Acompanhemos, então, este palpitante assunto.

O Brasil deve estar curioso: afinal, Eduardo Bolsonaro poderá ou não continuar a ser chamado de Bananinha?

(3/11/2021)

---

* https://www.pragmatismopolitico.com.br/2021/11/stf-rejeita-acao-eduardo-bolsonaro-contra-apelido-bananinha.html

Os bolsonaristas, o Barão e os tambores

DENTRE AS FORMAS de expressão da cultura popular brasileira, a música talvez seja a que melhor retrata o dia a dia das pessoas. No futuro, estudiosos sobre o cotidiano no Brasil poderão ter farto material de pesquisa ao examinar nossas músicas populares.

Quando vejo alguns bolsonaristas que posam nas redes sociais ameaçando Deus e todo mundo de armas nas mãos, e depois choramingam ao saberem da decretação da sua prisão, me lembro de um samba gravado por Bezerra da Silva. Já até o citei num artigo anterior aqui na Fórum. Ele começa assim: "Você com revólver na mão é um bicho feroz, sem ele anda rebolando e até muda de voz". Homofobia à parte, é um verso espirituoso.

E me vem à cabeça a adoração de Jair Bolsonaro ao ex-chefe do DOI-Codi de São Paulo Brilhante Ustra, uma das poucas figuras condenadas como torturador pela Justiça brasileira. O presidente o tem como herói e gosta de elogiá-lo, numa aberta apologia à tortura – o que, por si só, é um crime.

Francamente, seja qual for a posição política de alguém, é difícil ver ato de coragem na tortura de presos amarrados, encapuzados e pendurados no pau-de-arara. Ustra sequer ia à rua capturar os opositores políticos que os militares classificavam como subversivos. Ficava esperando por eles no DOI-Codi. Haja valentia...

Sua história me lembra a do capitão Alfredo Astiz, que se tornou o maior símbolo dos torturadores de presos políticos na ditadura argentina. Quando da Guerra das Malvinas, ele comandava uma unidade que participou do conflito. Melhor seria dizer que comandava uma unidade que deveria ter participado do conflito. Na hora do vamos ver, o bicho feroz Astiz deu ordem para que a unidade se rendesse sem disparar um tiro sequer.

Só faltou rebolar e mudar de voz, como no samba cantado por Bezerra da Silva.

Hoje Astiz está preso, condenado à prisão perpétua. Na Argentina os torturadores não são considerados heróis.

Uma dura verdade é que as forças armadas latino-americanas se especializaram em humilhar, agredir e matar civis indefesos. Quando se vêem diante de outros militares profissionais – como foi o caso dos argentinos diante do Exército inglês nas Malvinas - fazem como Astiz, afinam. É uma vergonha.

Aliás, questionado sobre o lamentável estado em que se encontravam os tanques dos fuzileiros navais que Bolsonaro usou recentemente para tentar intimidar os deputados no dia da votação sobre uma emenda constitucional que instituiria o voto impresso, um chefe militar afirmou que, para o que se pensava fazer com eles, aqueles blindados serviam, apesar de seu estado precário. Foi uma confissão clara de que sua destinação não era para uma eventual guerra ou para o enfrentamento com outras unidades militares, mas para a repressão a civis desarmados.

No último mês de setembro transcorreu o 48º aniversário do golpe militar que levou o general fascista e corrupto Augusto Pinochet ao poder no Chile e assassinou o presidente Salvador Allende. Assassinou também Victor Jara, um dos mais importantes músicos chilenos na história. Nascido em 1932, Victor foi também diretor de teatro e ativista político. É autor de um dos maiores clássicos do cancioneiro popular daquele país: "Te recuerdo, Amanda".

No golpe militar de 11 de setembro de 1973, Victor Jara foi preso no Estádio Chile, um dos locais em que concentraram militantes de esquerda com o intuito de resistir à quartelada e que, hoje, leva o seu nome. O corpo foi abandonado perto de uma favela com marcas de tortura. Ainda no Estádio Chile, outros presos ouviram a ameaça de um oficial do Exército chileno que lhe quebrou todos os dedos das mãos com coronhadas de fuzil: "Você nunca mais vai tocar violão". Efetivamente, Victor nunca mais tocou violão, não só por ter tido as mãos esmagadas, mas por sido morto na tortura.

O cadáver foi identificado pela esposa, a bailarina britânica Joan Turner. Víctor tinha 44 marcas de bala e numerosos ossos fraturados.

Volto a essa história porque se sucedem notícias de que, aqui no Brasil, valentões fascistoides tremem nas bases ao serem ameaçados de prisão. Pode até ser que haja algum exagero nisso. Afinal, as condições de prisão a que são submetidos os bolsonaristas presos hoje não se assemelham, nem de perto, às que eram submetidos os opositores da ditadura militar.

Mas a verdade é que são tantas as notícias semelhantes – e de diferentes fontes – que me fazem desconfiar que algo haja de verdade. Quando não estão choramingando diante da possibilidade de prisão, esses valentões de araque arranjam logo uma história de que não podem ir para a prisão por questões de saúde.

A última dessas notícias foi divulgada pelo deputado federal Paulo Pimenta (PT) em suas redes sociais. Segundo ele, ao tomar conhecimento de que seu filho Carlos poderia ser preso por determinação do ministro Alexandre de Moraes, do STF, o presidente teria ligado chorando para o magistrado, implorando para que o filhote não fosse para trás das grades.

Pelo visto, esses valentões bolsonaristas são como os tambores: "Fazem muito barulho, mas são vazios por dentro", para usar uma expressão do saudoso Barão de Itararé.

(30/9/2021)

Não podemos dar mole pra Kojak

QUE O PRESIDENTE Jair Bolsonaro é um boquirroto inconsequente, todos sabem. Mas uma declaração dele nos últimos dias pode refletir um estado de espírito real. Disse Bolsonaro, referindo-se ao momento político: "Para mim há três possibilidades: a prisão, a morte ou a vitória".

Ele fala como se estivesse a caminho de uma guerra. Já agora, a curto prazo.

O desgaste do governo se aprofunda de forma crescente. Isso se reflete no seu desempenho nas pesquisas, cada vez pior. E está claro aos olhos de todos, no cotidiano. Já não se fala mais em recuperação econômica, assunto predileto do Posto Ipiranga há alguns meses. A inflação vai às alturas. O desemprego bate recordes. A fome ameaça as famílias mais pobres e já há filas para se conseguir a doação de ossos em alguns açougues. A pandemia segue ceifando vidas, ao mesmo tempo em que se constata algo estarrecedor: a falta de vacinas tem relação direta com os esquemas de corrupção do Centrão e de militares.

Bolsonaro começou, então, a dar demonstrações de que não tem como meta recuperar o terreno no jogo institucional. Seu objetivo imediato não é mais reverter esse quadro desfavorável para se tornar competitivo nas eleições presidenciais.

Tudo indica que acionou o plano B. Estimula abertamente a compra de fuzis pela sua gente. Trabalha para aglutinar e radicalizar seu núcleo duro: policiais, integrantes das Forças Armadas, milicianos, grileiros, madeireiros, garimpeiros, caminhoneiros, fazendeiros e fascistas em geral. Em vez de ter em vista a eleição do ano que vem, quer criar confusão para conseguir o estado de sítio, mobilizar a Força Nacional ou trazer o próprio Exército para a linha de frente, com a aplicação canhestra do artigo 142 de Constituição.

Se as ameaças de parar o País no dia Sete de Setembro com o apoio de caminhoneiros, feitas há 15 dias pelo indefectível Roberto Jefferson e pelo cantor de chapelão de vaqueiro deram uma esvaziada, a possibilidade de que ele crie um quadro de confusão na sociedade para justificar uma intervenção armada é real.

Não é impossível que haja ataques ao Supremo Tribunal Federal (STF) ou ao Congresso, num quadro em que parte da polícia cruze os braços (outra parte, à paisana, até participaria da baderna), enquanto o Exército ficaria nos quartéis, como ocorreu no golpe contra Evo Morales na Bolívia.

Se esse cenário não se der no Dia da Independência, estará dentro das possibilidades daqui por diante. É bom que não haja ilusões. E estará não só dentro das possibilidades. Estará também dentro planos de Bolsonaro.

As circunstâncias que possibilitariam um golpe como o de 1964 não existem. Não há apoio substancial na população. A maior parte do grande capital não estaria a favor. Os porta-vozes mais importantes da burguesia, assim como suas instituições representativas e a grande mídia, não apoiariam. Não haveria sustentação expressiva no plano internacional. Isso tudo faz com que não esteja no horizonte um golpe com a consistência, o apoio social e a duração daquela quartelada.

Mas, e se for um golpe diferente? Pode ser afastada a hipótese de uma provocação que deságue numa virada de mesa, suspendendo as garantias constitucionais, e num golpe com o pretexto de restabelecimento da ordem (atacada pelos próprios bolsonaristas)?

Se isso ocorrer, ao lado do ataque imediato à institucionalidade e da tentativa de interrupção do processo eleitoral de 2022, é possível que haja uma escalada repressiva contra o movimento popular, seus líderes e suas entidades.

Evidentemente esse risco não pode significar que as forças democráticas e a esquerda abandonem as ruas daqui em diante. Mas deve nos levar a um cuidado especial para não facilitar as coisas para que Bolsonaro crie confusão e baderna.

O ideal seria que as manifestações da esquerda previstas para o Sete de Setembro fossem transferidas para outro dia. Se isso não for possível, devem ser cercadas de cuidados para que não sirvam de estopim para provocações. Isso significa que devem ser curtas e distantes dos atos realizados pelos bolsonaristas.

Na vida e na política é preciso ter em mente onde se quer chegar. Já advertia Sêneca, pensador romano contemporâneo de Cristo: “Se o navegante não sabe aonde quer ir, não importa a direção do vento.”

Precisamos saber para onde vamos e o que queremos com as manifestações, para que possamos aproveitar a direção dos ventos a favor da democracia.

Não podemos dar de bandeja para Bolsonaro o que ele quer para criar confusão e promover um golpe.

Ou, usando uma expressão empregada pelos jovens antigamente: “Não podemos dar mole pra Kojak”.

(30/9/2021)

O meu 11 de setembro

HOJE É 11 de setembro. O dia costuma ser lembrado pelo atentado terrorista às torres gêmeas em Nova York. Prefiro associá-lo ao golpe militar que assassinou Salvador Allende e implantou uma sangrenta ditadura no Chile. Na ocasião eu estava naquele país.

Preso em 21 de abril de 1970, dois meses depois saí diretamente do DOI-Codi do Rio de Janeiro para o aeroporto para ser libertado, num grupo de 40 prisioneiros políticos, em troca do embaixador alemão, que fora sequestrado pela guerrilha. Depois de algumas andanças no exterior, voltaria clandestino ao Brasil para prosseguir a luta contra a ditadura. Prisões, mortes e dificuldades de todo tipo inviabilizaram o retorno.

Quando houve, então, o golpe de Pinochet eu estava em Santiago, onde vivia com os documentos falsos, juntamente com minha companheira Isolde Sommer e nossa filha Ana Maria, então com três meses e meio.

O relato reproduzido abaixo fala desse 11 de setembro e foi extraído do meu livro de memórias "Gracias a la vida" (José Olympio, 2013).

"O processo político chileno caminhava para um impasse. A direita, com o apoio aberto dos Estados Unidos, fazia de tudo para criar dificuldades para o governo Allende. Seu objetivo era tornar a vida das pessoas tão difícil que estas acabassem apoiando quem se apresentasse como capaz de restabelecer a ordem. A CIA (a Agência Central de Inteligência, dos Estados Unidos) esteve por trás de uma greve nacional de caminhoneiros que se estendeu por meses e interrompeu a chamada Carretera Central, que corta o país de Norte a Sul. Com isso, prejudicou enormemente o abastecimento de gêneros de primeira necessidade. Essa participação da CIA foi comprovada anos depois, com a divulgação de documentos oficiais pelo próprio governo americano.

"Nos supermercados começavam a faltar produtos básicos: carne, leite, laticínios, sabão em pó, sabonete, papel higiênico. As pessoas corriam para avisar aos amigos quando num determinado lugar chegava tal ou qual produto. Que, por sinal, logo acabava.

"Os trabalhadores reagiam de diferentes formas, inclusive as mais heterodoxas. Em certo momento, os lixeiros resolveram dar o troco à direita e passaram a não recolher mais o lixo em bairros da burguesia. Viam-se, então, empregados domésticos uniformizados queimando lixo em ruas chiques de Santiago.

"A sociedade se dividia. Como as Forças Armadas chilenas tinham uma tradição de legalidade, muita gente achava que manteriam essa postura. A ilusão custou caro.

"A situação no Chile em 1973 chegou a tal ponto que Allende resolveu submeter a continuação de seu governo a um plebiscito. Se vencesse, o que era perfeitamente viável, ganharia novo fôlego e a direita se veria sem condições políticas para dar o golpe. Mas os militares, a essa altura já comandados pelo general Augusto Pinochet, pois seu antecessor, Carlos Prats, tinha pedido para passar para a reserva, apressaram seus planos e agiram antes que Allende anunciasse a realização do plebiscito.

"No dia 11 de setembro, veio o golpe, que, em seu momento inicial, talvez tenha sido o mais violento dentre todos os acontecidos na América Latina.

"Na ocasião, já estávamos há poucas semanas, eu, Isolde e Ani, em outra casa, melhor do que o apartamento em que, até então, tínhamos morado. No dia do golpe, saí cedo para uma reunião política com brasileiros. Na rua, senti um clima estranho. E havia grande movimento de helicópteros e aviões. Perguntei a um transeunte se tinha acontecido algo.

"*Los milicos se alzaran*", foi a resposta.

"Voltei para casa e avisei Isolde, pedindo para ela preparar as coisas para o caso de termos que sair abruptamente. Já não havia quase ônibus. Pegando carona e caminhando comecei a me deslocar pela cidade, àquela altura repleta de veículos militares com soldados. Contatei militantes chilenos que conhecia, mas eles estavam desorientados. Os esquemas de resistência dos partidos de esquerda se baseavam, em grande medida, nas emissoras de rádio de que cada um deles dispunha. Mas todas receberam um ultimato dos militares para que entrassem em cadeia com uma emissora já ocupada por eles. Ainda assim, uma delas, a Rádio Magallanes, transmitiu o último discurso de Allende, feito quando o Palácio de La Moneda estava sendo bombardeado pela Força Aérea. Esse discurso é uma peça histórica. Não o escutei no dia, mas me emociono com a inteireza política, a lucidez e a coragem demonstrada pelo presidente chileno cada vez que o ouço, mesmo anos depois.

"A Allende foi oferecida pelos golpistas a alternativa de seguir para o exílio, levando consigo todas as pessoas que desejasse, sem limite de número. Era uma tentativa de, além de pôr fim à experiência da Unidade Popular, desmoralizar seu líder máximo.

"Allende recusou a proposta. Teve a compreensão de seu papel histórico. Percebeu que não tinha o direito de render-se para poupar a sua vida e as de pessoas próximas, deixando o povo chileno entregue à sanha dos golpistas. Morreu de fuzil em punho no Palácio de La Moneda.

"Andando nas ruas para um lado e outro, em busca de contatos com militantes de esquerda que conhecia, tentei, ainda, chegar aos cordões industriais, o conjunto de fábricas na periferia de Santiago. Lá eu conhecia ativistas que tinham forte liderança. Mas a região já estava sendo cercada por forças do Exército.

"Dei meia volta e comecei uma caminhada para casa. Ela duraria umas boas duas ou três horas. Presenciei, então, uma das cenas mais tristes de toda a minha vida: centenas de trabalhadores andando cabisbaixos, em fila indiana, muitos com marmitas nas mãos, depois de deixar as fábricas, e sendo monitorados por soldados do Exército armados de fuzis. A derrota estava estampada no rosto de cada um deles. Tive vontade de chorar.

"Pouco depois encontrei por acaso Sérgio de Castro Lopes, um brasileiro que vivia legalmente no Chile. Ele era filho de Valdecir, o amigo do meu pai que tinha arcado com as despesas do parto da Isolde. Sérgio estava de carro e me deu uma informação fundamental: a partir das 14h, mais ou menos duas horas depois, entraria em vigor o toque de recolher. Quem estivesse nas ruas seria preso.

"Fez mais: ofereceu-se para me dar carona até a minha casa e, depois, me levar, com Isolde e Ani, para a residência de uns amigos ingleses. Seria um lugar muito mais seguro. Aceitei de bom grado. Para não despertar suspeitas, fomos só com a roupa do corpo e as fraldas e mamadeiras da Ani para a casa dos ingleses. Eles moravam num local amplo, com um vasto quintal arborizado e nos receberam muito bem. Ficamos lá uns dois dias. Nesse meio tempo, nos intervalos do toque de recolher, saí umas duas ou três vezes para encontrar conhecidos brasileiros e chilenos, mas ninguém tinha a mínima ideia de como resistir.

"Diante disso, consideramos inútil continuar no Chile. O casal de ingleses nos levou de carro à porta da Embaixada do México, a mais próxima de onde estávamos, onde nos refugiamos. Depois soubemos que a casa em que morávamos tinha sido invadida e saqueada pelo Exército.

"Tivemos muita sorte. Primeiro, por eu ter encontrado Sérgio – pessoa extremamente amiga e solidária – que me trouxe a informação preciosa sobre o toque de recolher, me deu carona e nos conseguiu guarida com o casal de ingleses. Mas também porque minutos depois de termos entrado, sem problemas, na Embaixada do México, ela foi cercada por carabineiros.

"Passamos uns 20 dias na embaixada. Havia cerca de 200 pessoas na casa, que era grande, mas sem capacidade para receber tanta gente. As janelas tinham que ficar permanentemente fechadas, para evitar o risco de franco-atiradores, que já haviam assassinado com um tiro de fuzil uma refugiada que estava no gramado da Embaixada da Itália.

"O embaixador e os diplomatas mexicanos se esmeravam, mas tinham dificuldades para receber e alimentar tanta gente. Na casa, nos revezávamos para dormir, porque não havia lugar para todo mundo deitar, mesmo no chão. Os banheiros não davam conta da quantidade de gente e, logo, os vasos sanitários começaram a entupir. Muitas crianças passaram a ter diarreia. Foi uma situação difícil. Mas, pelo menos, estávamos a salvo da barbárie que se instalou naquele lindo país – na época o mais politizado da América do Sul.

"As dificuldades não eram só de ordem material. Como era natural, os chilenos estavam, ainda, mais tocados do que os estrangeiros com a derrota. Na embaixada, algumas discussões entre partidários da PC, adeptos da estratégia desenvolvida por Allende e a Unidade Popular, e militantes do MIR, defensores da inevitabilidade de um enfrentamento armado no caminho para o socialismo, não ajudavam muito naquela situação.

"Como tínhamos criança pequena, fomos escalados para seguir rumo ao México no primeiro vôo de refugiados a deixar a embaixada.

"Viajei de coração partido. Criara vínculos afetivos com o Chile e antevia dias muito difíceis para aquele povo acolhedor e generoso."

Viva o povo chileno!

Viva Allende!

(11/9/2021)

DA SÉRIE

Historinhas dos anos chumbo

Um tiro n'água

CERTA VEZ CHEGOU AOS OUVIDOS de um grupo de guerrilha urbana no Rio que um determinado cidadão, da alta burguesia, tinha em casa um cofre com muito dinheiro. O pessoal se animou.

A mesma organização já tinha feito uma ação armada que lhe rendeu muitos frutos, assaltando a casa de um deputado que guardava 70 mil dólares em casa. Quem sabe isso seria uma reprise?

Feito o levantamento, foi um grupo no apartamento do cidadão.

Uma vez lá, rendida a família o dono da casa se recusou a abrir o cofre.

"Vocês não são bandidos. Não vão fazer nada comigo, nem com a minha família. Aviso que o cofre só tem cartas pessoais e fotos. Mas não vou abrir."

Foi criado um impasse. O que fazer?

Seria um absurdo, algo impensável, cometer alguma violência contra o cidadão.

A solução foi amarrá-lo, assim como os parentes, e conseguir uns tapetes para embrulhar o cofre, que não estava pregado à parede, e retirá-lo do apartamento.

Isso foi feito.

Dias depois, com muita dificuldade se conseguiu abrir o cofre. Mas – surpresa! – de fato ele não continha dinheiro. Tinha apenas fotos e cartas da família, como seu dono tinha advertido.

Passada a frustração, a saída foi mesmo, depois, restituir tudo ao cavalheiro.

Reflexões sobre Bolsonaro, o Centrão e o suicídio

UM ANTIGO MINISTRO da Educação de Bolsonaro, Ricardo Velez Rodriguez, em entrevista à revista "Veja" certa vez tentou ser espirituoso e afirmou: "Liberdade não é o que pregava Cazuza, que dizia que liberdade era passar a mão na bunda do guarda".

O forte dos bolsonaristas não é a sutileza – isto se sabe à exaustão. Quando eles se aventuram por esses terrenos, em geral dão com os burros n'água. Assim, o ex-ministro cometeu um engano. A frase original não era de Cazuza, tinha autoria anônima. Nos anos 80, ela foi estampada numa camiseta vendida pelo jornal de humor "Casseta&Planeta". Era a seguinte: "Liberdade é passar a mão na bunda do guarda".

Hoje, o presidente cada vez mais parece "mal dos nervos", expressão usada pela minha avó, há mais de 50 anos. Atordoado, Bolsonaro não está falando coisa com coisa e, o que também é grave, nem consegue articular direito as palavras. Quando resolve fazer ameaças, então, como tem ocorrido ultimamente, só se atrapalha. É um verdadeiro desastre.

Decididamente, o genocida não vive hoje seus melhores tempos. A cada dia, cai mais nas pesquisas de opinião, se isola na sociedade e perde apoiadores que, mesmo mantendo posições reacionárias, envergonham-se do voto que lhe deram no passado.

A profusão de patacoadas de Bolsonaro e seus pazuellos é tão grande que para qualquer colunista se torna quase irresistível a tentação de transformar artigos políticos em pura gozação do governo.

As recentes tentativas do presidente de intimidar a sociedade foram tiros n'água. E, a cada ensaio ele saiu mais frágil. Sua última façanha – a micareta de blindados com que pretendeu amedrontar a Câmara de Deputados para a aprovação do voto impresso – foi grotesca. A coluna de tanques soltando fumaça preta parou diante do Palácio da Alvorada, um oficial saiu todo paramentado e, depois de prestar continência para o presidente, entregou-lhe um envelope com o convite para que assistisse a um exercício militar. Parecia coisa de filmes como "O grande ditador", de Charles Chaplin, ou da revista "Recruta Zero", que fazia a delícia das crianças em meados do século passado.

O episódio foi o que a garotada de hoje chamaria de "um mico".

Pois bem, sepultada a palhaçada do voto impresso, devidamente enterrada com a votação na Câmara, imediatamente surgiu outra. Agora, a bola da vez de Bolsonaro é a tentativa de afastar ministros do STF que tomaram decisões que não foram de seu agrado.

Com a ajuda de um decadente cantor sertanejo, novas ameaças foram feitas num vídeo distribuído fartamente nas redes sociais. Mas, decididamente, Bolsonaro é como um tambor – faz barulho, mas é vazio por dentro - para usar uma expressão do velho Barão de Itararé.

O cantor tentou intimidar as pessoas acenando com uma gigantesca manifestação em Brasília no dia 7 de setembro. Ela teria o apoio de empresários do agronegócio e de caminhoneiros. E teria como desdobramento, nos dias seguintes, a paralisação completa do país. O quadro descrito era de fazer medo a incautos. Estradas seriam bloqueadas dias a fio, e só ambulâncias e veículos da polícia teriam autorização para circular. Faltariam alimentos, remédios e os demais produtos de primeira necessidade. Os organizadores do movimento chegaram a recomendar que todos fizessem provisões dos mais variados produtos.

Foi patético. Ficou-se sem saber se era o caso de rir ou de chorar. Ou, ainda, de buscar um psiquiatra.

Segundo o tal cantor sertanejo, no dia 8 de setembro cinco representantes do movimento, capitaneados por ele, levariam ao Senado o pedido de impeachment de dois ministros do Supremo Tribunal Federal. Aliás, pedido, não. Logo em seguida, ele fez a correção: "uma intimação". E, do alto do seu chapéu de abas largas, ameaçou: se nada acontecesse num prazo de 48horas, a força seria usada.

Só que, a julgar pelo que a esposa do tal cantor afirmou depois em entrevistas à imprensa no dia seguinte, o moço estaria em depressão profunda, chorando muito e se dizendo arrependido das ameaças. Garante que foi mal compreendido e que nunca pensou em agredir alguém.

Melhor assim. De qualquer forma, é recomendável que esse cidadão procure auxílio médico.

Enquanto isso, o ex-deputado dono de um partido de aluguel hoje convertido ao bolsonarismo - e frequentemente envolvido em comportamentos muito pouco republicanos – também afinou. Com a prisão decretada pelo STF, depois de posar para redes sociais com armas cuspindo fogo e ameaçando Deus e todo mundo, já pede para ficar em prisão domiciliar, alegando ter a saúde frágil.

Só falta chamar o tal cantor sertanejo, que agora também está deprimido, para cantar para ele um samba gravado pelo Bezerra da Silva e que tem uma letra sugestiva: "Você com revólver na mão é um bicho feroz; sem ele anda rebolando e até muda de voz..."

O cidadão que posou com uma pistola em cada mão, agora alega problemas de saúde para ficar na prisão.

Enquanto o circo mambembe vai adiante, o Centrão troca cotoveladas com um grupo de militares, na disputa por "negócios" muito pouco republicanos na compra de vacinas pelo Ministério da Saúde. Parece que vai ganhar a parada. Afinal, tem mais prática nessas mumunhas e apresenta como trunfo a blindagem que garante a Bolsonaro no Congresso. De qualquer forma, ao que parece as duas quadrilhas ainda não se entenderam e a disputa não chegou ao fim, podendo ainda dar o que falar.

Mas Alienista, como em briga de comadres se conhecem as verdades, a CPI da Covid já trouxe à tona denúncias mostrando que não foi só a incompetência do governo que levou o país a caminhar para os 600 mil mortos na pandemia. Foi também a corrupção. Foi o desejo de criar dificuldades na compra de vacinas de laboratórios sérios para fazer outros "negócios" com intermediários amigos que receberiam pagamento em paraísos fiscais – sempre com sobrepreço, claro.

Nesse quadro de desgaste de Bolsonaro, já se pergunta até quando o Centrão lhe dará sustentação. Afinal, como se sabe essa gente não se vende exatamente. Ela se aluga. E se o governo a quem está "prestando serviços" começa afundar, ela não vai junto.

Estamos falando de profissionais, de gente que não vale nada, mas que não nasceu ontem. Não entra na cova com o caixão que leva pela alça. Chegando na beirada, pula fora. Não é de se suicidar.

É bom que Bolsonaro tenha isso presente ao refletir sobre seus aliados.

(18/8/2021)

Está dando merda, presidente

ARTISTAS SÃO, EM GERAL, pessoas de sensibilidade aguçada. Isto faz com que muitas vezes enxerguem mais longe do que a maioria. Em certo momento, por exemplo, Chico Buarque, fazendo graça, defendeu a criação do Ministério do Vai Dar Merda. A pasta teria como função examinar as medidas do governo nas mais diversas áreas para advertir o presidente quando determinada decisão fosse um tiro no pé.

Se essa pasta existisse e estivesse funcionando, ela teria muito o que fazer no governo Bolsonaro. Por exemplo, diante da entrega do Ministério da Saúde aos bandidos do Centrão e a militares despreparados e não exatamente honestos, ela advertiria: "Presidente: vai dar merda". Isso, claro, na hipótese improvável que o presidente genocida quisesse efetivamente uma gestão competente e honesta na área da Saúde.

O mesmo aconteceria diante da ideia de promover aquela micareta em que os carros alegóricos foram 150 blindados da Marinha caindo aos pedaços e soltando fumaça preta. O objetivo declarado daquele desfile grotesco era entregar um convite a Bolsonaro. O objetivo real era intimidar os deputados que, logo depois, rejeitariam a proposta de retomada do voto impresso, o caminho bolsonariano para um golpe.

Faltou a advertência de alguém ao presidente miliciano: "Vai dar merda".

O espetáculo foi patético. Lembrou aqueles desfiles carnavalescos de antigamente, os chamados corsos. Deve ser dito, porém, que não se viu alguém fantasiado de general da banda, como acontecia naquelas festividades. Ou de Rei Momo. Não houve tampouco a guerra de urina.

Felizmente.

De qualquer forma, de uma coisa não se pode ter qualquer dúvida: deu merda.

O ensaio de mudança do sistema eleitoral e aprovação do chamado distritão, uma verdadeira excrescência, foi outra iniciativa lamentável da semana. Daria uma merda descomunal se acabasse aprovado. Era uma proposta tão sem pé nem cabeça que se deve acreditar que não era para valer. Talvez fosse o que no vocabulário de política se chama de "bode".

A origem da expressão teria sido o conselho do padre a um fiel que reclamava que sua vida estava muito difícil. Trabalhava muito, ganhava pouco, morava mal num espaço reduzido para ele e a família. O religioso sugeriu, então, que durante uns dias o fiel pusesse dentro de casa, na sala, um bode. Passado um tempo, voltou o fiel: "Padre, agora mesmo que a minha vida se tornou um inferno. Não sei o que faço". "Tire o bode, meu filho. Você verá como a sua vida vai melhorar", aconselhou o religioso.

Imagino que com o distritão – um verdadeiro "bode" – entrou em pauta, mas seria mesmo retirado depois. O objetivo era cobrar um preço por isso: a volta das coligações proporcionais, talvez. Afinal, elas impedem qualquer sistema partidário minimamente decente, e garantem a sobrevivência das legendas de aluguel (além de outras que não são de aluguel, mas se preocupam antes de mais nada em assegurar a sua sobrevivência, mesmo que a qualquer preço, literalmente falando).

A liberdade de organização partidária deve ser ampla e a criação de partidos deve ser livre. Há países com um grande número de partidos e isso não traz prejuízo para a democracia. Mas eles devem caminhar pelas próprias pernas. Tem sentido a existência de legendas que só existem para embolsar dinheiro público e funcionar balcões de negócios, a maioria deles literalmente com donos? A existência dos mais de 50 partidos, como ocorre hoje no Brasil, fortalece a democracia? Que eles sejam criados, é problema de quem os cria ou se identifica com eles. Se são instrumentos de picaretagem com recursos públicos passa a ser problema da sociedade.

Não é segredo que muita gente enriquece com os fundos eleitorais e partidários e, ainda, vendendo tempo de propaganda no rádio e na TV. O que permite a existência dessas legendas de aluguel são as coligações nas eleições proporcionais, pois os partidos não têm representatividade e não alcançam quocientes eleitorais para eleger parlamentares. Essas coligações atropelam o espírito das eleições proporcionais, nas quais cada partido apresenta seus candidatos e ocupa um número de cargos proporcional à sua representatividade.

O fato é que, nesta semana, foi evitada uma merda maior (o distritão), mas se retrocedeu a uma merda menor que tinha sido superada (a sustentação das legendas de aluguel).

Por fim, me veio à cabeça uma história – que não sei se é real – mas corre no mundo do jornalismo. Quando da rendição da Alemanha na Segunda Guerra Mundial, no dia 7 de maio de 1945, um pequeno jornal do interior do Nordeste brasileiro saiu com a seguinte manchete: "Hitler: Nós avisamos".

Pois, diante da destruição nacional implementada pelo atual governo e das medidas que deram merda, alguém próximo a Bolsonaro, poderia um dia lhe dizer: "Presidente, nós avisamos".

(13/8/2021)

Sobre Bolsonaro, Simão Bacamarte e Adolf Hitler

BOLSONARO NUNCA TEVE um jeitão (e, principalmente, um olhar) de alguém equilibrado. Isso, para não falar da catastrófica impressão que causa quando abre a boca. Aí, então, o festival de asneiras que enuncia permite fundadas dúvidas sobre sua sanidade mental.

Ultimamente, porém, esses sintomas de desequilíbrio vêm se agravando. O capitão excluído do Exército por mau comportamento parece apresentar até mesmo dificuldade para articular com um mínimo de naturalidade as palavras. Quaisquer palavras. Às vezes parece falar com se estivesse com pedras na boca.

Na patética "live" da quinta-feira passada, anunciada com toda pompa e circunstância para que exibisse provas de que as urnas eletrônicas são passíveis de fraude, mais uma vez o genocida estava estranho.

Basta recordar que um dos "especialistas" que apresentou para embasar suas afirmações foi um astrólogo especializado ... na prática de acupuntura em árvores. Sim, isso mesmo. Acupuntura em árvores.

É ou não coisa de doido?

Bolsonaro admitiu que não ter provas para sustentar sua tese. Com isso, lembrou aquela turminha braba de Curitiba, a patota de Sérgio Moro e Deltan Dallagnol, que reconhecia não ter provas para condenar alguns acusados na Lava Jato, mas tinha "convicção" sobre a culpa deles. E, baseado nisso, os condenava.

É verdade que a maré não anda boa para o presidente. Faz tempo que não aparece uma boa notícia para ele e pode ser que isso esteja afetando o seu raciocínio que, é preciso que se reconheça, nunca foi grande coisa.

Seu prestígio vai ladeira abaixo. A última pesquisa de opinião pública, divulgada na semana passada, confirma o que outras já vinham apontando: Bolsonaro vai de mal a pior na preferência do eleitorado. Ela apontou uma rejeição de 62% à sua figura e um quadro em que, num segundo turno, ele ficava atrás de qualquer oponente. Foram apresentados praticamente todos os que foram alguma vez aventados: Lula, Ciro, Mandetta, Haddad e Dória. Bolsonaro perdia para qualquer um deles. Para sua sorte, o instituto não apresentou também a alternativa de um poste. O presidente correria o risco de ficar atrás dele também.

Sua relação com as instituições do País também se degrada a olhos vistos.

Seu principal preposto no Congresso, o presidente da Câmara, Artur Lira, já advertiu que a mais importante bandeira de Bolsonaro no momento - o voto impresso - não será aprovado. Isso mostra que até o Centrão, do qual Lira é o poderoso chefão e é composto por um tipo de gente que para fazer "negócios" não se incomoda muito com o mau cheiro, já não banca o presidente incondicionalmente.

O jornal "Folha de S. Paulo" de sexta-feira da semana passada publicou que, depois do circo de quinta categoria armado na tal "live", o capitão foi classificado de "moleque" por um ministro do STF. E, mais grave: afirmou que esse ministro teve a concordância de outros.

Deve-se registrar, aliás, a mudança de comportamento do Tribunal Superior Eleitoral (TSE). Há mais de um ano Bolsonaro vem fazendo uma campanha de descrédito das urnas eletrônicas. Assegurava ter sido roubado na eleição de 2018, que venceu, e garantia que também seria roubado na eleição do ano que vem... Diante dessa campanha aberta de descrédito do sistema eleitoral, há alguns meses a ABI fez uma representação ao STF, pedindo que a corte exigisse do presidente a apresentação de provas do que dizia.

O tribunal, porém, preferiu empurrar com a barriga o problema. Agora, porém, diante da reiteração desse comportamento do genocida, a corte mudou de posição e passou a cobrar de Bolsonaro a apresentação de provas do que afirma.

Ótimo.

Está evidente que o objetivo de Bolsonaro é embaralhar o jogo e não permitir um processo eleitoral tranquilo.

Numa eleição em que os votos eletrônicos fossem impressos e, em seguida, caíssem numa urna – como quer Bolsonaro - basta que os amigos milicianos do presidente afirmassem que votaram no candidato A e o voto impresso foi computado para o candidato B. Como provar a mentira e tirar a dúvida? O voto já estará misturado a milhares de outros. O que poderia ser feito? Impugnar todos os votos daquela seção? Considerar que aquela urna eletrônica estava viciada? Ou não levar em conta a denúncia? E se isso for feito em milhares de urnas? A confusão não poderia tumultuar o processo eleitoral?

Enfim, tudo indica que a bandeira do voto impresso é o mote do presidente para melar a eleição.

De qualquer forma, independentemente de suas conhecidas intenções golpistas, é evidente que Bolsonaro não tem mesmo jeito, esteja ele ou não fora de um juízo normal. É o caso de uma junta médica aferir sua sanidade mental? Não seria de todo mau. Será que não estaremos diante de um personagem machadiano, uma espécie de Simão Bacamarte do conto "O Alienista"?

Pode ser que sim, mas pode também ser coisa diferente. Louco ou não, não foi à toa que na semana passada o presidente prestou homenagens à sobrinha de um ministro de Adolf Hitler, líder de um partido neonazista da Alemanha.

Difícil dizer qual dos dois casos seria mais grave: a adesão explícita ao nazismo ou um aberto desequilíbrio mental.

(3/8/2021)

Voto impresso só interessa a quem quer confusão

É FÁCIL PERCEBER que o presidente Jair Bolsonaro prepara o cenário para virar a mesa e não aceitar uma derrota em outubro de 2022. Vai tentar embananar a eleição caso a vitória não esteja garantida. Seu principal cavalo de Tróia para tal é a campanha de descrédito contra as urnas eletrônicas.

Aliás, é bom lembrar que no Brasil elas existem há mais de duas décadas, com eleições a cada dois anos, e nunca foi constatada alguma irregularidade.

Apesar disso, há mais de um ano Bolsonaro começou a sustentar que teria havido fraude na eleição de 2018, vencida por ele. Segundo disse, o roubo evitou que vencesse já no primeiro turno. Afirmou também que o tucano Aécio Neves teria vencido Dilma Roussef, sendo prejudicado por fraude. Na ocasião, a ABI recorreu à Justiça Eleitoral alertando para a gravidade do que estava sendo afirmado e solicitando que o TSE o instasse a mostrar as provas que dizia ter. Com razão, a ABI dizia que a omissão da Justiça Eleitoral significaria permitir uma campanha de descrédito em relação ao processo eleitoral, com graves repercussões para a democracia.

O TSE, que tem entre suas obrigações zelar pela credibilidade do sistema eleitoral, deveria ter determinado que o presidente mostrasse as supostas provas. Mas preferiu botar panos quentes no assunto. Optou por sentar-se em cima do pedido da ABI e a coisa não foi adiante.

Mas não só a Justiça Eleitoral se omitiu. Tivéssemos um Ministério Público independente e zeloso de suas funções, Bolsonaro teria sido chamado por ele às falas para apresentar as provas da fraude que diz ter.

Enfim, ficou a impressão de que todos preferiram ceder e abaixar a cabeça para não abrir uma frente de atritos com o presidente.

Diante do desenrolar dos acontecimentos, é o caso de lembrar Winston Churchill. No fim da década de 1930, o governo inglês fazia todas as concessões a Hitler. Quando Hitler ocupou parte da Tchecoslováquia em 1938 e o primeiro-ministro britânico Neville Chamberlain baixou a cabeça a pretexto de evitar a guerra, Churchill, na época na oposição, fez duas afirmações que se tornaram célebres. A primeira: "Estamos alimentando um crocodilo na esperança de sermos os últimos a ser comidos". A segunda: "Entre a desonra e a guerra, escolhemos a desonra. Teremos a guerra com desonra".

Os tempos confirmaram que ele tinha razão.

No ano passado, diante das primeiras manifestações de Bolsonaro afirmando ter provas da fragilidade das urnas eletrônicas, tentando desacreditar o sistema eleitoral, o TSE e o MP preferiram evitar conflitos.

Agora o presidente retoma o tema. E, como essa disputa a que se refere foi coisa do passado, e ele se elegeu, que sentido teria voltar com o assunto, senão lançar desde já suspeitas em torno ao resultado de futuras eleições?

Pois bem, senhores do Ministério Público e da Justiça Eleitoral, até quando o presidente fará essas afirmações sem que seja chamado às falas? Não terá passado da hora de dizer "basta" a essa campanha de descrédito do processo eleitoral.

Cada vez que o presidente lançar dúvidas sobre a confiabilidade do processo eleitoral e afirmar ter provas de que já foi vítima de fraudes com as urnas eletrônicas, é preciso desafiá-lo a provar a afirmação.

De qualquer forma, se Bolsonaro tem segundas intenções ao afirmar esses disparates, nem todos os adversários do atual sistema eleitoral são mal-intencionados. Há, também, os ingênuos, aqueles que acham que, além dos resultados eletrônicos, não custa ter os votos impressos para uma eventual comprovação.

Vale a pena argumentar com essas pessoas, até mesmo em respeito à sua boa-fé.

Hoje em dia quase não há quem defenda a volta a unicamente do voto em papel. Quem fizesse isso seria visto como alguém que quer a volta ao cenário da República Velha. A maior parte dos adversários do atual sistema defende o uso de uma urna eletrônica acoplada a uma impressora para que o eleitor veja seu voto impresso antes de este ser depositado num recipiente. Assim o eleitor não teria acesso à cédula. Apenas a veria. Aparentemente esta seria uma boa solução, como uma precaução a mais. Dessa forma, se evitaria desagradar ao crocodilo (ôpa, a Bolsonaro), sem prejudicar a eleição.

Ledo engano.

Em primeiro lugar, vale lembrar que essa precaução é desnecessária.

Os partidos têm ampla possibilidade de auditar os programas inseridos nas urnas. E, hoje em dia, os especialistas são unânimes em afirmar que as auditorias digitais não exigem relatório impresso para sua execução. Os procedimentos de auditagem do sistema eleitoral digital permitem a técnicos credenciados por partidos ou coligações partidárias verificar a lisura dos resultados.

Aliás, os sistemas contemporâneos não utilizam mais papel impresso para verificação das informações. É só ver os exemplos no sistema financeiro ou nos sistemas do *e-commerce*, entre outros.

Há mais: as impressoras apresentam problemas com frequência muito maior do que as urnas eletrônicas em si. Num universo de mais de 500 mil seções eleitorais, distribuídas por todo o território nacional, é de se prever a necessidade de troca de milhares de urnas (cada uma com a impressora acoplada) que apresentassem defeitos. Corrigir esse problema não seria fácil.

Há ainda uma outra razão, muito mais forte para descartar o uso de urnas eletrônicas com impressoras: um eleitor de má-fé pode afirmar que seu voto (que ele terá visto por meio de um visor) foi fraudado. Ou seja, poderá afirmar que votou em A e o voto foi computado em B. O que fazer se isso acontecer? Não haveria possibilidade de tirar a dúvida para comprovar a existência de má-fé ou dar razão a quem afirmou, pois o voto é secreto.

Em casos assim, ou bem nada seria feito, ou a reclamação teria como consequência considerar que a urna em questão está defeituosa. Estabelecida a confusão, o que faria a mesa daquela seção? Transformaria a eleição em manual, cujas fraudes já são sobejamente conhecidas?

E se episódios como este ocorressem em, digamos, mil seções eleitorais? O que se deveria fazer?

Enfim, a rigor os questionamentos em relação às urnas eletrônicas e a defesa do voto impresso não se sustentam.

Pode-se compreender o que os motiva quando partem de gente empenhada em criar confusão e melar a eleição – como é o caso de Bolsonaro e seus milicianos.

Difícil é saber por que razão determinados segmentos não bolsonaristas e não mal-intencionados – por mais estranho que pareça seu comportamento às vezes e por mais ressentidos que sejam – fazem coro com uma iniciativa que só contribuiria para embaralhar o processo eleitoral.

De qualquer forma, que não se tenha dúvida: essa questão é uma pedra de toque para Bolsonaro e seus milicianos. É o caminho escolhido por eles para melar a eleição.

Daí porque é preciso explicar pacientemente os riscos dessa proposta, tirando as dúvidas dos bem-intencionados e isolando politicamente os que usam a bandeira como caminho para um golpe.

(JULHO DE 2021)

O Barão, sempre atual

HÁ NOTÍCIAS DE que as Forças Armadas estão preocupadas com a deterioração de sua imagem, em boa parte devido à sua identificação com o governo Bolsonaro e tudo o que o cerca. O desconforto se deveria também à quantidade de charges e piadas ridicularizando os militares, em muitos casos relacionando-os com casos de corrupção. É possível que isto seja verdade.

O jornal "Folha de S. Paulo" publicou semana passada que o Exército vai encomendar uma pesquisa de opinião pública para aferir o desgaste na sua imagem. Segundo a reportagem, generais admitem que ele é "inegável". Pesquisa recente da Datafolha já apontava que 54% dos entrevistados eram contrários à ocupação de cargos civis no governo por militares. Certamente o desastroso desempenho do general Eduardo Pazuello no Ministério da Saúde e os casos de corrupção na aquisição de vacinas, que vieram à tona na CPI da Pandemia, contribuíram para piorar ainda mais a imagem do Exército.

Mesmo tendo sido eleito por voto direto, nunca houve um governo federal tão marcado pela presença de membros das Forças Armadas em cargos civis. Nem na ditadura militar as "boquinhas" ocorreram em tal dimensão. Essa presença, se traz danos à imagem dos militares, tem lá suas contrapartidas no plano material, é verdade. Tem servido para se somar a vantagens não muito republicanas: privilégios na Previdência e nos reajustes, sempre acima da média no funcionalismo; descumprimento do teto salarial do serviço público; pensões especiais para filhas que não se casem legalmente; possibilidade de passagem para a reserva com vencimentos integrais aos 25 anos de serviço e vamos por aí...

Aliás, há poucos dias se soube que, no Distrito Federal, militares das três forças estiveram dentre os grupos prioritários para a vacinação contra a Covid-19, mesmo que não tivessem funções que os expusessem mais à doença.

Certamente, essas vantagens de todo tipo - além de eventuais identidades no plano ideológico, claro – levaram os militares a apoiarem em peso o governo Bolsonaro. Mas há um outro lado da moeda: cada vez mais eles se tornam um prato cheio para os críticos, muitos deles humoristas que os deixam em situação ridícula.

O Brasil tem uma importante tradição de uso do humor na crítica política. Faz parte da nossa história ridicularizar os governantes. O costume vem dos tempos do Império, quando dom Pedro II era um alvo habitual dos humoristas. A tradição permanece até hoje.

Nossa maior figura no humor político foi Apparício Torelly (1895-1971), que adotou o pseudônimo de Barão de Itararé. Era um gozador nato.

O nome que adotou já era um deboche. Na Batalha de Itararé – na cidade do mesmo nome, na divisa entre o

Paraná e São Paulo – seria travado um confronto decisivo na Revolução de 1930, que levou Getúlio Vargas ao poder. Mas a montanha pariu um rato e no esperado choque não foi disparado um só tiro. Torelly tomou para si, então, o pseudônimo de Barão de Itararé, apresentando-se como o herói daquela batalha.

Era editor de "A Manha", título escolhido como paródia com o "A Manhã", um dos principais jornais do País. Poderosos e tiranos sofriam nas mãos de Torelly. Certa vez seu jornal foi invadido por oficiais da Marinha que o espancaram, irritados com a publicação de fascículos sobre a Revolta da Chibata. O Barão não se deixou intimidar. No dia seguinte afixou na porta da redação um cartaz: "Entre sem bater".

Acusado de ligações com o Partido Comunista, Torelly foi preso político na ditadura do Estado Novo. Ao chegar ao cárcere da Ilha Grande, recebeu dos policiais um questionário que deveria ser preenchido de forma obrigatória. As perguntas eram totalmente idiotas. Uma delas era: "Tem vícios secretos?" O Barão não perdoou: "São secretos", respondeu.

Candidato a vereador pelo PCB em 1947, foi eleito. Seu lema era "Mais água e mais leite. Mas menos água no leite".

Durante a ditadura militar, a tradição de humor político se manteve. O cronista Sérgio Porto, que assinava artigos na "Última Hora" com o pseudônimo Stanislaw Ponte Preta, foi uma pedra no sapato dos militares. Chegou a criar o Febeapá – "o Festival de besteiras que assola o País" – para comentar as asneiras dos novos donos do poder. Se já existisse politicamente naquela época com certeza Bolsonaro teria lugar de destaque no festival.

Pouco depois foi criado o semanário "Pasquim", um herdeiro à altura do Barão e de Stanislaw. Submetido à censura de forma intermitente, criou um aviso, postado sempre na primeira página: "Se este selo estiver aqui, esta edição do Pasquim não foi censurada". Quando voltava a censura, claro, o selo desaparecia.

O semanário fez enorme sucesso. Por incrível que pareça, com a volta da democracia teve diminuída a sua importância. Era como se fosse mais valorizado e querido pelo lado de contestação ao regime.

Agora, no governo Bolsonaro, com as estultices do presidente e de seus amigos fardados e milicianos, o humor político voltou a crescer. E com um elemento adicional: a internet e as redes sociais, antes inexistentes, que lhe oferecem um vasto espaço.

Como deve ser sempre o humor, as piadas contra Bolsonaro e sua turminha braba batem forte nos poderosos. Estes, ao que parece, se dividem sobre o que fazer. Enfrentá-lo com a repressão implicaria dar um passo para a ditadura. Embora esta seja o regime dos sonhos do capitão, no momento não há condições políticas para implantá-la.

Ficam, então, criadas as condições ideais para a gozação: um governo que fornece farto material para ser ridicularizado, mas que não pode reagir com violência. O que faz é, vez por outra, tentar enquadrar algum humorista na Lei de Segurança Nacional, o que só aumenta o ridículo e dá mais material para a crítica bem-humorada.

Assim, mesmo que o Exército esteja preocupado com o desgaste, não haverá saída para ele enquanto estiver pendurado em Bolsonaro, aproveitando as boquinhas. Só que o governo que não vai mudar seu caráter.

Afinal, voltando ao Barão de Itararé, "de onde menos se espera é que não sai nada mesmo".

(26/7/2021)

Os soluços, o intestino preso e o Cabo Tenório

EM OUTUBRO DE 1968, em plena ditadura militar, um congresso da União Nacional de Estudantes (UNE) foi localizado pela polícia em Ibiúna, São Paulo, e quase mil estudantes presentes acabaram presos.

O episódio foi antes do AI-5, que só aconteceria em dezembro do mesmo ano, e a repressão ainda não era a mesma dos anos de chumbo. Não havia condições políticas para manter aquela multidão de estudantes presos. Afinal, a acusação era apenas de participar de uma reunião. Depois de um ou dois dias no xadrez, foram todos enviados para os estados de origem e, pouco depois, libertados. Apenas cerca de dez, identificados como os líderes mais importantes, foram separados dos demais e ficaram mais tempo na cadeia.

O grupo com os supostos cabeças foi transferido inicialmente para um quartel do Exército em Santos, no litoral paulista. A unidade militar era comandada pelo àquela altura já conhecido coronel Erasmo Dias, que tinha sido secretário de Segurança de São Paulo e se arvorava de ser integrante da chamada "linha dura".

Logo no primeiro dia, Erasmo resolveu dar um susto na estudantada. A história é ótima e me foi contada por Vladimir Palmeira, testemunha ocular dela. O coronel dispôs todos perfilados na quadra de basquete do quartel, cercados pelos quatro cantos por soldados que, deitados no chão, pilotavam metralhadoras ponto 30, e pronunciou um tonitruante discurso, encerrado com a ameaça: "Não estou para brincadeira. Quem tentar fugir ou desrespeitar alguma ordem vai morrer", disse apontando as metralhadoras.

Em seguida, emendou com a voz empostada, como fazem alguns militares quando querem demostrar autoridade: "Alguma dúvida?"

Eis que Luís Travassos, presidente da UNE (União Nacional de Estudantes), levanta um dedo e pergunta, candidamente: "Coronel, onde é que se mija aqui?" Depois de um instante de perplexidade, com uma ponta de dúvida sobre se deveria levar a pergunta a sério ou se estava sendo sacaneado, Erasmo ordena, sempre com uma firme voz de comando: "Cabo, leve o estudante para urinar!"

Foi uma espécie de anticlímax.

Eu me lembrei desta historinha, diante da situação criada pelas ameaças dos comandantes militares à CPI da Pandemia nos últimos dias. A nota que redigiram, ameaçando mundos e fundos, foi um tiro n'água. Não surtiu o menor efeito. Ao contrário, despertou manifestações de apoio à CPI e a seu presidente, o senador Omar Aziz.

O que poderiam fazer os chefes militares, depois de pagarem aquele mico – para usar uma expressão a gosto dos jovens de hoje? Proibir que generais e coronéis fossem investigados? Prender alguns senadores? Mandar acabar a CPI? Qualquer das alternativas significaria um atropelo brutal às instituições.

A nota caiu no vazio e não teve qualquer efeito

Enquanto isso, o presidente Jair Bolsonaro padecia, há vários dias, de uma insistente crise de soluços. Alguns identificaram a origem do problema como de fundo nervoso. Afinal, há algumas semanas o capitão só recebia notícias ruins.

Como desgraça pouca é bobagem, adveio-lhe outro problema: uma obstrução intestinal que fez com que os médicos recomendassem a sua transferência para um hospital em São Paulo.

Logo depois constatou-se, porém, que não seria preciso uma cirurgia – o que chegou a ser aventado no primeiro momento. Melhor assim. Não há por que se desejar o mal a alguém – mesmo que esse alguém seja um adversário político.

Já quanto aos soluços, não se sabe se continuaram, nem se sua origem era mesmo de fundo nervoso. Porém, as más notícias não dão uma trégua ao presidente. Mesmo com a suspensão dos trabalhos da CPI da Pandemia por 15 dias, devido ao recesso do Senado, as perspectivas não são boas para ele. Os senadores já informaram que aproveitarão a parada para cruzar informações e investigar novas denúncias.

Tudo indica que no Ministério da Saúde estão batendo cabeça duas quadrilhas - uma formada por parlamentares ligados ao Centrão; outra operada por militares. E para a sustentação do governo Bolsonaro, tanto o Centrão, como os militares são importantes. Como o presidente poderia arbitrar a disputa sem criar enormes problemas? É, de fato, uma senhora dor de cabeça.

A disputa pelo controle de "negócios" é feroz e as informações começam a vazar. Foi lama no ventilador. (Atenção: ao admitir a hipótese de militares envolvidos em corrupção, não me refiro aqui às Forças Armadas em seu conjunto, mas a integrantes dela que, supostamente, teriam se envolvido em procedimentos, digamos, não republicanos.)

De qualquer forma, se a suspensão temporária dos depoimentos na CPI pode trazer um refresco imediato ao presidente, isso talvez seja fugaz. Pode até dar um alívio para os tormentos de Bolsonaro – caso eles sejam mesmo de fundo nervoso. Mas, por quanto tempo? E depois?

A tentativa de enfrentar com ameaças as denúncias de corrupção envolvendo militares em cargos civis não resolve. A nota dos chefes militares mostrou isso. A rigor, só resolveria se vivêssemos numa ditadura aberta, o que (pelo menos ainda) não acontece, apesar dos desejos do presidente. E fica a dúvida: prevalecendo a situação atual, até quando os militares no governo poderão ser blindados? Assim, é forçoso reconhecer que, se forem mesmo de fundo nervoso, os soluços de Bolsonaro poderão voltar diante de novas contrariedades.

A situação me fez lembrar uma música gravada pelo genial Jackson do Pandeiro. Num ritmo contagiante, ela conta a história de um tal Cabo Tenório.

O cabo era useiro e vezeiro em se meter em confusão. Quando isso acontecia, distribuía bordoadas a rodo. Só se acalmava quando todos reconheciam que ele era mesmo o maioral e cantavam uma música com o estribilho: "Cabo Tenório é o maior inspetor de quarteirão". Aí tudo voltava às boas.

Pois bem, não parece que no momento haja muita gente por aí reconhecendo Bolsonaro como o maioral – nem no papel de presidente, nem mesmo no de inspetor de quarteirão. Muito menos parece haver a gente disposta a cantar isso em prosa e verso. Assim, dificilmente Bolsonaro receberá uma homenagem como a que tranquilizava o Cabo Tenório.

Por isso, caso seu problema seja de fundo nervoso, pode não passar tão cedo. Talvez, até se agrave.

E crise de soluço é uma coisa muito chata mesmo.

(19/7/2021)

Alípio, amigo-irmão-camarada

CONVIDADO A ESCREVER algo sobre Alípio Freire para a "Teoria e Debate", resolvi tomar como ponto de partida um *post* que publiquei no Facebook logo que soube de sua morte. Acrescentaria apenas algumas linhas.

Ao fazer assim queria expressar de forma o mais fiel possível o que senti quando Ricardo Azevedo, um amigo comum que mora em São Paulo, me deu a má notícia. Evidentemente, não ignorava que o Covid-19 cultivado pelo presidente genocida era traiçoeiro e poderia nos levar Alípio. Afinal, àquela altura já eram quase 400 mil mortos no País – e esta cifra macabra logo depois foi alcançada e seria ultrapassada. Apesar disso, era como se eu não acreditasse que o pior poderia acontecer com o meu amigo.

Ao me perguntar depois a razão disso, a única resposta que me ocorreu foi a dificuldade de imaginar morto alguém como Alípio.

É como se a sua inteligência, a sua capacidade política, a sua cultura, a sua sensibilidade, a sua integridade e o seu bom humor (muitas vezes sarcástico com quem merecia levar umas palmadas) o deixassem meio imortal aos meus olhos.

Alípio fazia graça até com as dificuldades que porventura enfrentasse. Como eu, ele tinha surdez parcial num dos ouvidos, sequela dos interrogatórios na ditadura. E aproveitava para, sorrindo, tentar me convencer de que isso era uma vantagem: "Se estou frente a frente com um chato, ponho os dois cotovelos na mesa e tampo o ouvido bom com a palma da mão. Aí, o cara não consegue me chatear...", contava, bem-humorado, se sacaneando.

Ele foi, também, um grande amigo da minha mãe, Iramaya, que morreu em junho de 2012. Os dois se aproximaram nas lutas pela anistia. Alípio tinha uma coleção de suas histórias. E histórias, Iramaya tinha muitas. Eram coisas vividas por alguém que, num intervalo curto, ao ter dois filhos vítimas da repressão da ditadura, transformou-se de uma dona de casa comum numa militante política quase em tempo integral que cativava todos por sua espontaneidade. Alípio a comparava sempre a uma personagem de Ziraldo: a Super-Mãe.

Seu amor por Iramaya era plenamente correspondido. Ela também o adorava e tinha nas conversas dos dois um de seus programas prediletos. Nelas, ambos riam a valer.

Alípio contava à exaustão uma história de Iramaya – e sempre com muita graça, mesmo para quem já a conhecia. (Afinal, história boa, dependendo do jeito de quem conta é sempre boa de ouvir, mesmo que não seja inédita). Ela era sobre certo discurso de Iramaya num ato político em São Paulo. Como presidente do Comitê Brasileiro pela Anistia (CBA) do Rio, naquele momento Iramaya fazia parte de uma mesa repleta de figuras ilustres. Quando chegou a sua vez de falar, fez um discurso duríssimo defendendo o fuzilamento dos torturadores de presos políticos. Percebendo, em seguida, que talvez tivesse se excedido, voltou-se para dom Paulo Evaristo Arns, ao seu lado na mesa, e completou, tentando amenizar as coisas: "Mas dom Paulo, falo em fuzilamento, mas sempre com muito amor, não é? Afinal, só o amor constrói..." A risada foi geral, puxada pelo próprio cardeal.

Não havia, também, vez em que nos encontrássemos e Alípio não me perguntasse pelo Lagartixas Eróticas, arremedo de grupo de rock que meu filho Felipe integrou quando adolescente. Alípio nunca tinha ouvido nada do grupo, que mal existiu. Ele se deliciava mesmo era com o nome.

E achou graça também quando soube da resposta de Felipe à minha pergunta sobre a origem desse nome. "Pô pai, você já viu banda de rock com nome que tem a ver?"

O fato é que, talvez por Alípio ser quem ele era e ser tão importante para mim, não me preparei para a sua morte. Não acreditava na possibilidade. Levei uma enorme porrada quando recebi a notícia de que tinha partido.

Ambos militamos na resistência à ditadura militar, mas em estados e em organizações diferentes. Só nos conhecemos pessoalmente depois da anistia, a partir de um grande amigo comum, Antônio Neiva, seu companheiro na Ala Vermelha que também já não está entre nós.

Muito rapidamente, porém, eu e Alípio nos reconhecemos como amigos de infância. E dos grandes. E fomos cada vez mais estreitando a amizade.

Algumas vezes fui a São Paulo, e outras ele veio ao Rio, para que nos encontrássemos. No Rio, ele ficava hospedado na minha casa. Em São Paulo, eu ficava na dele.

Sempre entrávamos pela noite bebendo e conversando. De política e de assuntos gerais da vida. Imagino que as orelhas de muita gente devem ter ardido por conta dessas conversas.

Por coincidência, dois dias antes de ser colhido pelo Covid-19, Alípio me telefonou. Como de hábito, falamos quase uma hora. E combinamos um novo reencontro logo que as condições permitissem.

Enfim, falar de um amigo querido que acaba de morrer é sempre difícil. É como se uma parte da gente fosse embora. Foi o que senti e ainda sinto um pouco.

Como consolo – se é que isso é consolo – devo dizer que poucas vezes vi tantas demonstrações de carinho em relação a alguém que se foi como agora, na morte de Alípio.

Vá em paz, amigo.

Mas que o mundo fica menor sem você por aqui, isso fica.

(8/5/2021)

Um episódio que não engrandece ninguém

CASO SE TENHA como referência o compromisso com a democracia, os citados no recém-lançado livro "General Villas-Boas – Conversa com o comandante" não saem com uma boa imagem.

Villas-Boas, o protagonista principal do livro, porque confessa que se movimentou para o Supremo Tribunal Federal não conceder o habeas corpus solicitado pela defesa do ex-presidente Luiz Inácio Lula da Silva, então preso.

Decididamente, este não é papel de um comandante militar num regime democrático.

Seus colegas do Alto Comando do Exército também não se saem bem. Segundo conta o próprio Villas-Boas, participaram da mesma articulação e da redação da mensagem usada para intimidar o STF.

Este tampouco é papel de chefes militares numa democracia.

O ministro Edson Fachin, do STF, que na semana passada criticou aquelas pressões, não explica porque somente agora, três anos depois, protestou contra elas e contra o emparedamento da mais alta corte do Judiciário.

Os demais ministros da Suprema Corte também ficam devendo. Por que, com a honrosa exceção de Celso de Mello, até agora mantiveram-se calados, num silêncio injustificável?

Por fim, o próprio STF deve uma satisfação ao país por ter aceitado a tutela do Exército naquele período.

Sim, não há exagero nesta afirmação.

É preciso lembrar que o presidente do Supremo, o ministro Dias Toffoli, nomeou como seu "assessor especial" um general indicado pelos militares, que avalizava cada passo dado por aquela Corte. Vergonhoso.

Que caráter tinha essa "assessoria" nunca ficou claro para a sociedade, dado que o general não tinha formação jurídica.

Tudo indica que ele era mesmo uma espécie de supervisor dos trabalhos do STF, estipulando os limites para a sua atuação e dizendo até onde o tribunal poderia ir.

Enfim, este episódio todo não engrandece a democracia.

Ninguém, absolutamente ninguém, com a exceção do já citado Celso de Mello, fica bem na fita.

Que o livro do general sirva, pelo menos, para que se possa refletir sobre o papel dos militares num regime democrático.

(16/2/2021)

O Exército e sua imagem

SOU FILHO DE MILITAR.
Em determinado período da vida, quis, inclusive, seguir a carreira de meu pai.

Oriundo de uma família de classe média baixa e órfão de mãe muito cedo, ele encontrou no Exército uma espécie de segunda família.

Assim, foi um forte abalo quando, na década de 1970, teve dois filhos torturados em unidades militares.

Meu pai inclusive ficou aliviado quando soube (mesmo que verbalmente), depois da minha prisão, que eu estava no quartel da Polícia do Exército da Rua Barão de Mesquita, no Rio, onde funcionava o DOI-Codi. (O registro oficial da prisão só veio 20 dias depois; a quebra da incomunicabilidade, depois de outros 20 dias).

"Conheço o Exército e sei que ele não tortura prisioneiros", dizia o então coronel Ney Benjamin.

Caiu do cavalo.

A decepção se repetiu quando, um ano e meio depois, meu irmão César também foi torturado em unidades militares.

Esses fatos abalaram, inclusive, a sua saúde.

Vendo o papel a que se presta hoje o Exército, às vezes penso que talvez seja melhor que meu pai não esteja mais vivo. Não sei como suportaria ver o que está ocorrendo.

Apesar de tudo, eu não estigmatizo o Exército.

Um país soberano tem que ter Forças Armadas prestigiadas e aptas a cumprir suas funções constitucionais.

Não interessa ao Brasil vê-las achincalhadas.

Mas é preciso que elas se deem ao respeito.

Não é o que ocorre.

A quantidade de militares em "boquinhas" no governo Bolsonaro é, seguramente, superior à dos tempos da ditadura. Fala-se em dois ou três mil cargos comissionados, com altos salários.

E as propaladas "reformas", que atingiram direitos dos trabalhadores pouparam os militares.

Com a sua presença, eles respaldam o péssimo governo de um cidadão que foi um péssimo militar e saiu do Exército escorraçado, pela porta dos fundos.

Isso compromete seriamente a imagem da corporação.

E que ninguém se iluda. Bolsonaro só se sustenta pelo apoio dos militares. Não estou falando de oficiais de mais baixas patentes, como tenentes ou capitães, mas de uma penca de generais quatro estrelas - o mais alto posto na carreira - agachados diante de um reles miliciano e aceitando ouvir desaforos de seus filhos energúmenos e de um astrólogo bobalhão que faz pose de filósofo e mora nos Estados Unidos, guru dessa gente.

Não se trata de esperar posições de esquerda, ou mesmo progressistas, dos generais brasileiros. Não se trata, tampouco, de os chefes militares serem de direita ou de esquerda.

Mas até quando a cúpula do Exército vai aceitar estar a serviço de um projeto criminoso e antinacional, encabeçado pelo chefe de um modelo caboclo das SA nazistas?

Decididamente, a situação atual não faz bem à imagem do Exército.

(12/05/2020)

DA SÉRIE

Historinhas dos anos chumbo

Mao-Tsé-Tung liberado pela censura no quartel

MEU IRMÃO CÉSAR estava preso no isolamento há mais de um ano e minha mãe, Iramaya, fazia de tudo para fazer chegar a ele livros que tornassem a sua situação um pouco melhor.

A censura do oficial S2 era implacável.

Vetou "O coronel e o lobisomem", de José Cândido de Carvalho, porque com esse título o livro estaria ridicularizando um coronel.

Em seguida, proibiu "O pequeno príncipe", de Saint-Exupéry. "César pode ler nas entrelinhas", foi o motivo alegado.

Iramaya resolveu, então, ir à forra.

Conseguiu dois livros de Mao-Tse-Tung, "Sobre a prática" e "Sobre a contradição" e, em cima do nome do autor, afixou uma etiqueta com o nome do suposto autor: Gustavo Corção.

Os mais jovens talvez não saibam, mas Corção era um escritor ultracatólico de extrema-direita, um tipo quase medieval.

Os livros passaram pela censura.

E, assim, César leu Mao-Tse-Tung na prisão, devidamente autorizado pelos censores militares.

Caso Adriano: alguém quer mesmo investigar o miliciano?

DIANTE DA ATUAÇÃO DÉBIL do governador da Bahia, Rui Costa, no episódio do assassinato do chefe máximo do chamado Escritório do Crime, o capitão PM miliciano Adriano da Nóbrega, suspeito inclusive de envolvimento no assassinato de Marielle Franco, Bolsonaro está tentando virar o jogo num assunto que poderia ser-lhe muito incômodo.

Tão incômodo, aliás, que ele passou os primeiros dias na muda, esquivando-se do tema.

Afinal, Bolsonaro, sua família e os chefes milicianos são unha e carne.

Mas, agora, o presidente não só acusa o governo petista da Bahia de inegável queima de arquivo, como já defende a federalização das investigações do caso, para que ele fique nas mãos de Sérgio Moro. É uma medida de precaução e tanto para alguém que tem o rabo preso.

Bolsonaro vai, ainda, mais longe e diz claramente que quer ter o controle da perícia dos 13 celulares encontrados com Adriano.

Vamos ver de perto o que isso significa.

Primeiro: para comprar um celular, a pessoa tem que se identificar e mostrar CPF e atestado de residência. Assim, pode ser identificado quem comprou cada um dos celulares de Adriano. Um primeiro passo importante nas investigações.

Segundo: de posse de um celular (ou apenas de seu número) uma investigação pode saber para que números ele ligou e quando. Da mesma forma, pode-se saber que números ligaram para ele, e quando. Isso traria novas pistas importantes na investigação sobre a vida e as atividades de Adriano.

Terceiro: qualquer ligação feita por um celular ou recebida por ele passa por uma torre retransmissora. Assim, basta rastrear o uso dos celulares de Adriano para se saber com razoável precisão por onde ele andava no momento de cada ligação. Caso a ligação tenha sido feita pelo *wifi* de uma residência ou recebida por seu intermédio, pode-se ter o endereço preciso em que ele estava. Desnecessário mostrar a importância disso.

Quarto: mesmo que os 13 celulares não tenham sido usados, o que é improvável, se suas baterias não tiverem sido retiradas, pode-se saber onde eles estiveram em cada momento desde a sua aquisição.

Enfim, para as investigações, a perícia nos celulares de Adriano é um tesouro.

Resta saber se quem está com eles vai querer investigar alguma coisa seriamente.

PS – Quem estiver interessado em mais informações sobre celulares e seu uso em investigações pode obtê-las no meu último livro, "O Estado policial – Como sobreviver" (*Civilização Brasileira,* 2019).

(18/2/2020)

Como chegamos até aqui? Para onde vamos?

O ANO DE 2020 se inicia num quadro desfavorável para as forças democráticas e populares no Brasil. Desde a posse de Bolsonaro, o país vive um processo de profundos ataques aos direitos sociais e trabalhistas, à soberania nacional, ao meio ambiente, à cultura e, mesmo, a conquistas civilizatórias básicas.

Esse processo, que começou a ser ensaiado com Michel Temer na Presidência, se acentuou enormemente em 2019, com a posse do miliciano. Este não faz segredos de que governa para os ricos e o grande capital. Retomou, inclusive, algo dito na campanha: "As pessoas têm que decidir se querem emprego ou direitos".

Se tiver forças para tal, Bolsonaro implantará uma ditadura. Mas isso não depende só de sua vontade. Numa empreitada como essa não teria apoio da maioria da população e nem mesmo de instituições majoritariamente conservadoras, ou até reacionárias, como o Congresso e o Supremo Tribunal Federal (STF).

A própria mídia, extremamente concentrada e funcionando muitas vezes como uma espécie de estado-maior das classes dominantes, veria com restrições um passo como esse. No momento, a dominação de classe não corre riscos e a burguesia tem carradas de razão para estar satisfeita com o quadro atual.

Aquelas instituições citadas acima comungam das posições de Bolsonaro no que toca à política econômica e à entrega da soberania nacional, mas não o apoiariam numa aventura de atropelo às liberdades. Não por apego à democracia, mas porque perderiam privilégios e poder. Assim, preferem uma democracia liberal - sempre esvaziada de substância, claro. Isso ajuda a conter eventuais planos ditatoriais do capitão.

Não é de se afastar, inclusive, a hipótese de que Bolsonaro seja descartado pelas classes dominantes depois de fazer o trabalho sujo com sua política de arrasa-quarteirão, que aniquila direitos e garante a ampliação das margens de lucro nos atuais tempos de crise.

Hoje, ele é útil. Seu prestígio de massa ajuda a aprovação do saco de maldades. O próprio bolsonarismo sabe que os liberais não estão com ele incondicionalmente. Aliás, nas passeatas que andaram fazendo os setores mais fascistizados da direita, o presidente da Câmara, Rodrigo Maia, e ministros do Supremo foram alvos de hostilidades e críticas. A eles, e já não mais a segmentos de esquerda ou do PT, estiveram reservados os maiores ataques.

Assim, se não há unidade nas classes dominantes em torno de uma proposta de fechamento do regime, o projeto econômico implementado pelo "chicago boy" Paulo Guedes é amplamente apoiado pela burguesia, pela maioria do Congresso e pelas cúpulas do Judiciário e Forças Armadas.

Nesse quadro, é preciso que as esquerdas não se limitem a zombar das patacoadas de Bolsonaro e do analfabetismo de alguns de seus ministros. É bom lembrar que, enquanto isso ocorre, nada do que era essencial na política de Paulo Guedes foi derrotado no Congresso. O que não foi integralmente aprovado, era uma espécie de "bode", proposto para ser negociado depois, ou ficou para um segundo tempo e permanece na ordem do dia.

Mas, como chegamos a essa situação e o que levou um medíocre deputado protofascista, integrante do baixo clero da Câmara, a conquistar a Presidência da República?

É bom lembrar que, como pano de fundo existe uma profunda reconfiguração do mundo do trabalho, que afeta boa parte dos países. Basta ver o quadro da Europa.

O próprio Brasil mudou muito. Não é mais o mesmo país da luta pelas diretas ou o dos movimentos operários do ABC e de outros trabalhadores organizados. O metalúrgico grevista de ontem está desempregado, fazendo biscates ou vendendo laranjas numa banca na rua. O trabalhador de nível superior de ontem dirige Uber. Não à toa, o Clube de Engenharia estima em 150 mil o número de engenheiros atualmente desempregados no país.

O crescimento da violência é outro fator que adubou o terreno para a direita. A segurança pública é uma demanda legítima da sociedade. O aumento da violência tem, em sua origem, a exclusão social, sabe-se. Mas nem todo mundo tem essa consciência diante da criminalidade.

E nesse debate a direita navega com mais desembaraço do que as esquerdas. Embora as propostas de Bolsonaro e seus adeptos sejam, em sua maioria, demagógicas, supostamente elas trazem soluções mais imediatas. Por isso, a violência foi decisiva para carrear apoio para a direita.

Há, também, os erros do PT. É inaceitável a recusa de tratar deles abertamente, como prefere Lula. Não basta afirmar, como fazem alguns, que os governos petistas foram os melhores do país nos últimos anos.

Ora, o objetivo era apenas ser melhor do que os governos militares da ditadura, se melhor do que os governos Sarney, Collor ou Michel Temer?

Claro que os governos petistas foram melhores, até porque tiveram políticas localizadas de inclusão social, como valorização do salário-mínimo, Bolsa Família, apoio à agricultura familiar etc.

Mas mesmo petistas admitem que seus governos não estimularam a organização dos trabalhadores, não buscaram um fortalecimento de sua consciência, mas apenas favoreceram o seu ingresso no clube dos consumidores. E, assim mesmo, por um determinado tempo, ajudado por fatores externos.

Com o acirramento da crise, até isso se esvaiu. E o apoio desapareceu em boa parte. Dilma – que, aliás, cometeu um estelionato eleitoral reconhecido até por Lula ao entregar a condução da política econômica a um representante dos banqueiros, hoje na equipe de Bolsonaro - foi deposta com as ruas praticamente vazias.

O PT não se dispôs a fazer mudanças estruturais, mesmo que nos marcos do capitalismo, como as reformas política, agrária, tributária e nos meios de comunicação, para ficar apenas nestes exemplos. E havia amplo espaço para isso no início de seu período no governo.

Mais: isso era uma expectativa geral.

E um dado é sintomático: além de o monopólio da mídia nas mãos dos grandes conglomerados de direita ter se fortalecido nos governos petistas, nunca foram fechadas tantas rádios comunitárias como nos governos Lula e Dilma. Como explicar?

A questão da chamada governabilidade foi tratada de forma cega. Os governos petistas em vez de buscarem apoio na sociedade e nos trabalhadores preferiram o caminho da distribuição de espaços de poder, entregando até mesmo importantes ministérios para gente como Geddel, Crivella, Sarney e toda a gang que sempre deu as cartas na política brasileira.

Essa gente mais tarde lhes puxou o tapete. Na mesma direção, o PT auxiliou o crescimento de setores evangélicos de extrema direita, liderados por bispos e pastores corruptos e extremamente reacionários, na esperança de trazê-los para seu lado em troca de generosos espaços no aparelho de Estado.

Não conseguiu, ajudou a que aumentassem sua força. Eles ajudaram a derrubar Dilma e, hoje, são uma importante base de apoio para Bolsonaro.

Há, ainda a questão da corrupção. Tratar disso não é ser udenista, como afirmam alguns. A corrupção no Brasil não nasceu com o PT, claro. E, certamente, ele não foi o partido mais corrupto ao longo da história. Mas o fato é que, no imaginário de muita gente na sociedade, o assalto aos cofres públicos tornou-se marca registrada do PT.

Até porque a mídia monopolista e o Judiciário trataram a corrupção do partido e de seus integrantes com muito mais rigor do que faziam com a direita.

É preciso se ter em conta que, por mais grave que seja o desvio de recursos públicos que poderiam estar sendo usados para beneficiar a povo, há algo pior com a corrupção: a desmoralização da política. Uma atividade que, exercida com espírito público, seria a mais nobre na sociedade, passa ser vista como o lugar, por excelência, dos bandidos de colarinho branco e espertalhões.

E, como fora da política não há perspectiva de mudança, a desmoralização dessa atividade tem consequências profundamente nocivas para a sociedade e põe água no moinho do conservadorismo.

Essa situação permitiu a Bolsonaro surfar num discurso de renovação e moralidade, apresentando-se como representante da antipolítica num quadro de crise de representação.

Mas – que ninguém se iluda – estava sintonizado com o clamor popular. Logo ele que sempre esteve muito longe de ser exemplo de ética...

O bolsonarismo tem traços de fascismo e aglutina um segmento fanatizado, intolerante e violento. Diferentemente dos exemplos clássicos alemão e o italiano, porém, não se organiza em torno de um partido.

Outra diferença – fundamental - é que, enquanto o fascismo clássico era nacionalista, Bolsonaro é abertamente entreguista. Bate continência para a bandeira americana e bajula de forma desavergonhada Donald Trump, cujo boné de campanha é usado por um de seus filhos.

No fundo, Bolsonaro e sua gente têm vergonha do Brasil real. Gostariam de ser norte-americanos. Não à toa o vice-presidente Hamilton Mourão referiu-se à “malandragem” do negro e "preguiça" do índio como duas características do povo brasileiro. Fique claro que as duas expressões "malandragem" e "preguiça" foram usadas no sentido negativo.

Vale a pena, ainda, dizer algo a respeito do espaço ocupado pelas chamadas pautas identitárias na pregação de boa parte das esquerdas. Em sua maioria, essas pautas são justas. Mas, se tem comprovada eficácia para eleger candidatos em eleições parlamentares, não podem ocupar espaço central no programa das esquerdas num país com as desigualdades sociais do Brasil. Basta ver que todas essas pautas – feminismo, defesa dos LGBT, combate ao racismo e outras - não só são palatáveis à direita moderna, como são endossadas por ela e seus representantes mais destacados, como Fernando Henrique Cardoso, por exemplo. Até a Globo expressa esse apoio em sua programação. Só este fato já deveria levar as esquerdas à reflexão.

Além disso, algumas formas como se expressaram certas pautas identitárias, em especial as relacionadas a costumes, não mostraram preocupação em agregar e influenciar, mas em agredir quem não está de acordo com elas. Foi o caso do uso de crucifixos simulando vibradores em manifestações de feministas – fato explorado pela direita - ou mesmo da peça do Porta dos Fundos retratando Jesus como gay (não se confunda esta crítica com a defesa da censura àquela peça).

Evidentemente, não se trata de abandonar pautas relacionadas com costumes, mas de rever seu lugar numa plataforma de esquerda e repensar certas formas de luta que mais atrapalham do que ajudam a esquerda e aos setores progressistas.

Recentemente surgiu um dado novo no cenário político: a libertação de Lula. É uma libertação com claros limites. Mesmo que não volte para a prisão – e isso é incerto – Lula está limitado em seus movimentos. Não pode, por exemplo, disputar eleições, barrado por uma lei absurda – a do Ficha Limpa – sancionada por ele próprio, quando presidente.

Era uma época em que o moralismo era uma bandeira cara ao PT, e a sanção veio mesmo que se soubesse que tal lei poria um poder absurdo nas mãos de tribunais de segunda instância, quase todos dominados por oligarquias regionais.

Mas quais serão os efeitos da soltura de Lula? Num primeiro momento houve a impressão de que ela poderia ser decisiva para mudar a conjuntura. Logo, no entanto, essa expectativa se amainou - seja porque Lula está muito tímido em suas movimentações, seja porque, como era de se esperar, a grande imprensa não lhe dá muito espaço.

Apesar disso, seria um erro ignorar que ele ainda é o maior líder popular do país e que sua atuação pode trazer novos dados para a situação política. Há, então, um ponto de interrogação. O que nos espera neste ano de 2020? É difícil dizer.

De qualquer forma, mais dia, menos dia, a insatisfação com a perda de direitos vai aflorar e o Brasil seguirá o caminho de outras nações latino-americanas, com protestos de rua. Quem será o protagonista principal de um movimento de mudanças? Provavelmente não será a classe operária, mas um espectro mais amplo de trabalhadores e estudantes. Parece razoável prever que a resistência vai ter como bandeiras a demanda por melhores serviços públicos e por qualidade de vida no geral, e que terá na vanguarda um segmento muito mais amplo de trabalhadores assalariados, muitos deles da chamada classe média.

Se isso é verdade, pode não representar um fenômeno apenas conjuntural e ser consequência da reconfiguração do mundo do trabalho já mencionada. Afinal, a classe operária vem diminuindo numericamente e seu peso político tem decrescido no mundo todo.

Assim, talvez seja preciso rever algumas certezas encampadas há mais de um século pela esquerda marxista. Entre elas, a de que uma revolução anticapitalista, ou mesmo uma resistência radical à perda de direitos trazida pelo ultraliberalismo, como a face mais dura do capitalismo, terá a classe operária em sua vanguarda. Eis uma questão importante para reflexão.

(17/1/2020)

Um processo golpista está em curso

"SE AS PESSOAS más fossem mortas, ficariam apenas as boas, não?". A pergunta foi feita a Mafalda, o genial personagem do cartunista argentino Quino, por Manolito, um amiguinho dela. Mafalda respondeu com uma lucidez cortante: "Não. Ficariam apenas os assassinos".

Pois a sugestão de Manolito parece estar sendo posta em prática pelos bolsonaristas: matar as pessoas supostamente más. Só que os alvos são os pobres, negros e jovens, moradores de favelas ou periferias das grandes cidades. Entre janeiro e agosto, só no Rio de Janeiro, cinco pessoas foram mortas a cada dia pela polícia. A fonte dessa informação impressionante é a Secretaria de Segurança Pública.

Em todo o país, as polícias militares estão sendo estimuladas a humilhar, espancar e matar pobres. Nas 27 mil unidades da federação, contam com cerca de 500 mil integrantes, armados e cada vez mais fascistizados, e têm armamentos altamente letais, como fuzis e equipamentos como os caveirões, que espalham medo e terror entre os pobres. São uma gigantesca reserva para a extrema direita.

O episódio ocorrido semana passada na favela de Paraisópolis, na capital paulista, quando foram assassinados nove moradores pela PM de São Paulo, é ilustrativo. A defesa que, no primeiro momento, autoridades estaduais e o governo Bolsonaro fizeram do comportamento dos policiais envolvidos é vergonhosa. Deixa claro o incentivo para o assassinato de pobres. Só quando essa posição se mostrou insustentável trataram de amenizar o discurso. Mas ninguém acredita que essa mudança terá alguma consequência prática.

Para assegurar o alinhamento e o apoio político das polícias, Bolsonaro as compra de duas maneiras: por meio de uma vasta distribuição de benesses materiais e pela proteção aos que usam a farda para cometer crimes. É algo parecido com o que faz com as Forças Armadas.

Assim, num momento em que o sistema de previdência pública – elemento essencial numa sociedade civilizada – é desmantelado, deixando os trabalhadores comuns sem qualquer cobertura, as vantagens de policiais e militares (assim como as de juízes e outras categorias privilegiadas) são ampliadas ao extremo. Para eles não vale o discurso de austeridade.

A bajulação não para por aí. Propostas como o tal "excludente de ilicitude" para policiais ou integrantes da Forças Armadas é um claro estímulo à violência e ao assassinato de pobres em geral.

Ela é, na prática, uma licença para matar que se assemelha ao "direito" que, na literatura de ficção, encontra similaridade com as prerrogativas do famoso agente James Bond, o 007, uma criação do romancista inglês Ian Fleming. Bond fazia parte de um seleto grupo de agentes secretos britânicos cujo número em código começava com dois zeros. Estes significavam que aqueles agentes tinham licença para matar quem atravessasse seu caminho.

A bandeira do combate à violência estimulando a letalidade das ações policiais é um dos carros-chefes da direita.

Aproveitando-se da justa preocupação das pessoas com a criminalidade urbana – cujas raízes principais estão na exclusão social, nunca é demais dizer – a direita protofascista prega o extermínio dos que classifica como bandidos, ou, na hipótese mais branda, um rigor ainda maior no Código Penal para os que escaparem vivos.

Interessante é que essas mesmas pessoas se mostram inteiramente lenientes e com uma suspeita compreensão no que diz respeito aos crimes praticados pelas milícias ou por policiais a elas associados. Basta ver que o plano de combate à criminalidade, apresentado pelo ministro Sérgio Moro no início deste ano, praticamente não trata do combate às milícias. E nem o Ministério Público, nem a Polícia Federal, conseguem encontrar o miliciano Fabrício Queiroz, amigo íntimo da família do presidente.

É bom que não se perca de vista que, embora tenha passado pelo Exército – onde, aliás, teve uma carreira pífia e de onde saiu pela porta dos fundos –, Bolsonaro tem uma cabeça muito mais de miliciano do que de militar.

O fato é que está se conformando mais e mais no Brasil um Estado policial. As polícias fascistizadas e as milícias tornam-se o braço armado da extrema direita. São uma tropa de choque que pode ser mobilizada para golpes de estado ou assassinatos políticos, tal como ocorreu na morte da vereadora Marielle Franco. O recente golpe na Bolívia, que depôs Evo Morales, teve nessas polícias e nos seus amigos paramilitares o seu motor, cabendo ao Exército apenas a omissão e a "sugestão" ao presidente para que renunciasse.

Dessa forma, no Brasil, esses contingentes são uma reserva de tropa de choque para a direitização do país, talvez, mais adiante para a quebra da institucionalidade e a implantação de uma ditadura.

Na legitimação e no apoio político a uma saída desse tipo jogariam papel importante igrejas neopentecostais, cuja influência é crescente, e emissoras de rádio e TV voltadas para uma programação popularesca. Tanto umas, como outras, já tiveram papel importante na busca de apoio para a contrarreforma da Previdência.

Quando Bolsonaro e os porta-vozes mais próximos – entre os quais os filhos boquirrotos – acenam repetidamente com uma reedição do AI-5 não estão cometendo destemperos verbais. Não se trata de coincidência, mas da criação das condições políticas para uma tentativa de implantação de uma ditadura.

Da mesma forma, são também preparação do terreno para um fechamento do regime os ataques do núcleo central do bolsonarismo a instituições conservadores – e até mesmo reacionárias, mas não necessariamente golpistas, como o Congresso, o Judiciário ou certos veículos da grande imprensa, como as que integram as Organizações Globo ou a Folha de S.Paulo.

Assim, o processo golpista pode ou não chegar a seu objetivo final, mas já começou a ser desencadeado.

Que ninguém se iluda.

(8/12/2019)

Um outro enfoque sobre a Previdência

NA TERÇA-FEIRA DESTA semana foi debatida na Comissão de Constituição e Justiça (CCJ) da Câmara dos Deputados a proposta de reforma da Previdência. Segundo os governistas e a direita em geral, essa reforma é essencial para o equilíbrio das contas públicas, porque a Previdência tem um rombo que as contamina.

Isto é uma falácia.

O que está em jogo é outra coisa, inteiramente diferente. É a disputa pelos recursos públicos. Afinal, eles vão ser usados para uma destinação social ou servirão para engordar ainda mais os lucros do grande capital?

Já tratei aqui neste mesmo espaço do suposto rombo da Previdência, mostrando que a afirmação não se sustenta. Os que falam em rombo não computam todas as receitas previstas na Constituição para a Seguridade Social: listam as despesas totais do sistema e as comparam com a soma das contribuições de patrões e empregados. Deixam de fora as receitas criadas pela Constituição de 1988 – Contribuição para o Financiamento da Seguridade Social (Cofins), Contribuição Social sobre o Lucro Líquido (CSLL) e parte dos recursos auferidos com as loterias). Ora, elas foram criadas precisamente para ajudar a sustentar a Previdência, pois a partir daquele momento ela passou a incorporar os trabalhadores rurais.

Não bastasse isso, há ainda a chamada DRU (Desvinculação das Receitas da União) que permite ao Executivo remanejar até 30% dos recursos previstos no Orçamento, o que também drena recursos da Seguridade Social.

E há os grandes devedores (inclusive os maiores bancos do País), que não são cobrados e cujas dívidas são astronômicas. Isso, sem falar nas escandalosas isenções concedidas a segmentos do grande capital.

Assim, claro, é brincadeira de mau gosto se falar em déficit contábil.

Não por acaso, há um ano e meio, uma CPI no Senado sobre a Previdência, presidida por Paulo Paim (PT-RS), comprovou, mais uma vez, que não há rombo. E disse isso com todas as letras em seu relatório final, aprovado por unanimidade pelos integrantes da comissão em outubro de 2017. Note-se que para que tenha havido unanimidade o relatório contou também com os votos dos parlamentares de direita, cujos partidos hoje apoiam a proposta de reforma de Bolsonaro.

Isto posto, é preciso ir além *e* discutir a questão também a partir de outro ângulo. O artigo 195 da Constituição diz: "A Seguridade Social será financiada por toda a sociedade, de forma direta e indireta, nos termos da lei, mediante recursos provenientes dos orçamentos da União, dos Estados, do Distrito Federal e dos Municípios, e das contribuições sociais".

Isso significa que, mesmo que houvesse desequilíbrio e as receitas previstas na legislação fossem insuficientes para cobrir os gastos, o Orçamento da União deveria completar os recursos necessários. Tecnicamente, então, não se poderia falar em "déficit" da Previdência, pois de acordo com a própria Constituição a União teria que atender a direitos constitucionalmente garantidos aos cidadãos.

No entanto, quero ir ainda mais longe. Tem sentido se falar em déficit na saúde ou na educação? Em rombo na segurança pública ou no desenvolvimento da ciência e tecnologia? Claro que não. Estes são serviços prestados pelo poder público aos cidadãos ou investimentos que ele faz, com retorno futuro para toda a sociedade.

Uma previdência que proteja os idosos é característica essencial de qualquer sociedade civilizada. É mesmo, pode-se dizer, um dos elementos que diferenciam sociedades civilizadas de outras, selvagens, reguladas pela lógica do salve-se quem puder.

Na discussão com os defensores da reforma criminosa proposta pelo governo Bolsonaro é importante mostrar que não há rombo e, assim, desconstruir seu discurso. Mas, no debate mais amplo, é preciso ir além e defender um modelo de sociedade solidária, em que os mais pobres não sejam condenados à miséria.

Veja-se, por exemplo, a quantidade de suicídios de idosos que está ocorrendo no Chile, depois que, na ditadura de Pinochet, este mesmo modelo que querem nos empurrar goela abaixo foi implantado lá, estando vigente até hoje.

Debater a Previdência também por este enfoque é absolutamente necessário. Ajuda a moldar a consciência política das pessoas, educando-as para a defesa de uma sociedade mais justa e fraterna, onde o homem não seja o lobo do homem, de forma a romper a lógica do cada um por si.

Até porque, se a nossa Previdência fosse de fato "deficitária" – o que não é - seria o caso de matar de fome nossos idosos, deixando-os sem amparo na velhice?

Não!

Não tem sentido numa sociedade civilizada se falar em déficit da Previdência, assim como não tem sentido se falar em déficit na saúde ou na educação.

Se isto acontecesse seria um retrocesso civilizatório.

(25/4/2019)

Sou um otário assumido

MORO NUM BAIRRO de classe média do Rio de Janeiro. Como há muitos anos decidi não ter mais carro, além de usar regularmente ônibus e metrô, ando bastante a pé. Isso dá outra perspectiva da cidade. Ao caminhar, a pessoa vê um mundo diferente daquele que vislumbra ao volante de um carro, protegido por vidros escuros.

Dito isto, afirmo sem medo de errar: é visível a multiplicação da quantidade de gente morando nas ruas. E quando falo em multiplicação, não exagero. É a mais pura verdade. Não foi um aumento qualquer.

Como consequência das injustiças sociais que vêm de séculos e de um fim da escravidão que abandonou suas vítimas à própria sorte, o Brasil sempre teve pobres e mendigos. Gente pedindo esmola nas ruas e crianças perambulando por elas, eventualmente cometendo pequenos delitos, não são novidades.

No caso do Rio, consolidou-se um contingente de trabalhadores que, desempregados, passam a semana nas ruas do Centro ou de bairros da Zona Sul recolhendo latas vazias de cerveja para vender e revirando latas de lixo de restaurantes, buscando restos de comida. Nas sextas-feiras à noite vão para casa, em bairros distantes da Zona

Oeste ou da Baixada Fluminense, para estarem de volta na segunda-feira seguinte. O transporte é caro e não há dinheiro para as passagens todo dia.

Aumentou, também, o número de pessoas largadas nas calçadas, meio dormindo, meio acordadas, alheias ao que acontece ao redor. De tão derrotadas, já nem pedem esmola ou cometem pequenos roubos. Derrotadas pela fome – e, muitas, pelo crack – simplesmente vegetam. Quase não são percebidas por quem passa.

Na música "Construção", de Chico Buarque, há menção a um trabalhador da construção civil que despenca de um prédio e cai na contramão "atrapalhando o trânsito". Mal é notado pelos que estão envoltos pelas coisas do dia a dia, salvo pelas consequências que sua queda traz: o engarrafamento, que, este sim, é percebido pelos motoristas e os aborrece. Os mortos-vivos nas calçadas também são invisíveis à maioria. Só são vistos quando atrapalham o vaivém das pessoas. A maioria delas, diga-se, já brutalizada e alheia ao drama humano que se apresenta aos seus olhos. Um drama quase invisível para quem passa.

Há também moradores de rua vivendo em grupo. É gente que mora nas calçadas, mas em situação próxima à de acampamentos. São, às vezes, mais de 15 ou 20 pessoas. Instalam-se embaixo de viadutos com colchões velhos e móveis danificados que recolhem em algum lugar. Dormem durante parte do dia. Sempre acompanhadas por alguns cachorros, que servem de companhia aos mais solitários e de guardiões dos parcos bens de seus donos ou da pequena comunidade.

De certa forma, essa gente está menos largada do que os que vegetam sós nas calçadas. Tem, ao menos, a solidariedade dos que estão a seu lado. Mas está só um pequeno degrau acima dos que vegetam sozinhos. Um degrau quase imperceptível e que, amanhã, pode desaparecer. A fronteira entre eles é tênue, muito tênue.

Cresceu muito, também, o número dos que buscam outras formas de sobrevivência. Quaisquer que sejam. Estes tampouco têm emprego, mas são de uma camada social superior àqueles. Na orla, tocam e cantam em busca de uma gorjeta dos que comem e bebem nos bares. Quase sempre conseguem levantar alguma coisa.

Adoro música e em toda a vida ouvi samba e choro. Nas rodas, sempre canto e chego a empunhar um violão, quando os verdadeiros músicos são amigos e tolerantes com os amadores. Mas o que se ouve na orla está longe do que se poderia chamar de música de boa qualidade. Um pandeiro espancado pelo "percussionista", um tamborim mal tocado (afinal, todo mundo acha que sabe tocar tamborim...), um tantam primário e, quase sempre, um insuportável cavaquinho (às vezes substituído por um banjo estridente, o que é ainda pior). Não bastasse isso, os "músicos" cantam mal e alto.

Pois bem, toda semana tomo uma cerveja na orla com um grupo de amigos, acompanhando um querido companheiro com quem militei na clandestinidade nos anos de chumbo e que teve um AVC. Ele está em cadeira de rodas e não fala, mas acompanha as conversas. Esse programa, aos sábados, lhe faz muito bem. E para nós, seus amigos, também é muito agradável. Os tais grupos musicais quase sempre aparecem. Quando chegam, ninguém mais conversa em paz, pois, esmerando-se em agradar a "plateia", os "músicos" cantam a todo volume, achando que assim farão jus aos trocados. Não fosse uma indelicadeza que não merecem, seria o caso de dar-lhes logo a gorjeta com a condição de que fossem baixar em outra freguesia. Mas é gente que está tratando de sobreviver.

Estávamos comentando isso recentemente no grupo a que me referi quando Sérgio Henrique, conhecido por Tchecha – o principal organizador da rede de solidariedade ao nosso amigo doente, e o mais velho da mesa quando não está presente Milton Temer – nos trouxe à razão: "Vamos ter paciência com esses caras. Não tem emprego pra ninguém. Eles estão correndo atrás..."

A partir daí, passei a ver com mais condescendência não só esses "músicos", como também outro tipo de gente que batalha nas ruas. Por exemplo, os que aplicam um conhecido golpe. Abordam os passantes com uma história que, com poucas variações, é a seguinte: "Moro em tal lugar (uma cidade do interior) e vim ao Rio ver uma oferta de emprego (mostra um endereço). Deu tudo errado e não tenho como voltar pra casa. Tenho isso aqui (mostra algumas notas) e me falta tanto (mostra um papel com as contas) para comprar a passagem".

Já caí nesse golpe algumas vezes. Em outras, escolado, me recusei a dar o dinheiro. Mas, passei a ver coisas assim com outros olhos. Passei a levar em conta de que essas pessoas com certeza prefeririam ter um emprego, em vez de andar por aí tentando passar a perna nos demais. Passei a dar o dinheiro, mesmo sabendo que a história era conversa fiada. Afinal, é coisa pequena o que pedem, em torno de R$ 10 ou R$ 15.

Minha ótica passou a ser a da solidariedade, não a da condenação da pequena trapaça. Quem aplica o golpe é gente que busca alguma forma de sobreviver.

Enquanto esse quadro de terrível desigualdade social se agrava, o presidente da República esbraveja contra o IBGE e a pesquisa que mostra 13 milhões de brasileiros desempregados. Ao reclamar do resultado da pesquisa, Bolsonaro faz mais ou menos como faziam os déspotas antigamente, mandando matar os portadores das más notícias.

Ele e sua turminha braba governam para os ricos. Arrocham cada vez mais os pobres. Agora, querem praticamente acabar com a Previdência pública. Até que a resistência popular vire esse jogo (e para isso não se pode esperar longos quatro anos!!!!), vão aumentar a prostituição infantil, juvenil e adulta, o desamparo à velhice, o abandono de crianças pobres e o número de pessoas nas ruas.

Algumas dessas últimas, prostradas, como mortos-vivos. Outras, maltratando sambas que muitas vezes até são bons. E há, também, as que aplicam pequenos golpes para comer e chegar ao dia de amanhã.

A quem tem consciência do drama que vivemos, resta cerrar fileiras e resistir aos sucessivos ataques aos direitos dos trabalhadores. De minha parte, admito, enquanto faço isso, não deixo mais de dar uns trocados para o cara que vem me contar que precisa voltar para sua cidade natal e reencontrar a família, depois de frustrada a busca de um emprego no Rio.

Não importa que não seja verdade. Por uma questão de humanidade, finjo que me deixo enganar e que caio no golpe. Dou o dinheiro solicitado. Conscientemente.

Sou um otário assumido.

(ABRIL DE 2019)

Fatos escabrosos no reino do "sabe com quem está falando"

O IBAMA DEMITIU semana passada o servidor José Olímpio Augusto Morelli. A razão? Em 2012, ele autuou o então deputado Jair Bolsonaro, que acabou multado em R$ 10 mil por pescar em área de preservação ambiental protegida.

No exercício de suas funções, Morelli, que era funcionário concursado, assinou o auto de infração e o relatório do flagrante de Bolsonaro. Foi também o autor da foto na qual Bolsonaro aparece num barco, de sunga, tendo ao fundo uma vara de pescar. O então deputado estava na Estação Ecológica de Tamoios, em Angra dos Reis (RJ), área protegida e em que não é permitida a presença de pessoas estranhas e, muito menos, a pesca.

O caso se arrastou durante sete anos sem que Bolsonaro pagasse a multa. Depois de sua posse na Presidência, resolveu se vingar do servidor e envolveu nisso o novo ministro do Meio Ambiente, Ricardo Salles. Este último, um notório bajulador, veio publicamente em sua defesa com uma tese capaz de corar um frade de pedra. Disse que o fato de o presidente estar num barco, no mar, com varas de pescar não era evidência suficiente para a autuação.

"Ele foi multado porque estava com uma vara de pesca. O fiscal presumiu que ele estava pescando", afirmou o ministro.

É inacreditável. O que Bolsonaro estaria fazendo, então, com os apetrechos de pescaria? O que, na opinião do ministro, deveria o fiscal presumir?

Este foi um caso menor e pouco relevante, a não ser pelo simbolismo. É um exemplo típico de tempos não republicanos, nos quais vale a história do "sabe com quem está falando?"

Lamentavelmente, a demissão do funcionário não foi o único exemplo envolvendo o presidente e seu entorno mostrando que critérios republicanos não se aplicam a eles. Em apenas três meses de governo se multiplicaram os casos assim.

O ex-PM Queiroz - amigo, laranja, motorista, faz-tudo e sabe-se lá mais o quê de Bolsonaro - debochou do Ministério Público ao ser chamado para depor, depois de flagrado em transações econômicas suspeitas. Um cidadão comum faria isso sem ser incomodado? Pois Queiroz não foi.

Os filhos de Bolsonaro – que já fizeram jus ao epíteto de Três Patetas - pintam e bordam no governo do papai, sem que tenham qualquer cargo nele e sem serem desautorizados.

A cerimônia da posse do presidente já tinha antecipado a situação. Um dos patetas, ostensivamente armado, exibindo cara de mau, sentou-se na parte de trás do Rolls Royce presidencial, como se fosse um segurança. Nunca se viu coisa igual.

Outro dos Três Patetas derrubou um ministro pela ousadia de trombar com ele. E era um ministro importante, nada menos que o secretário-geral da Presidência.

Outro filho sapecou na cabeça o boné de campanha de Trump, como se garoto-propaganda fosse, e arvorando-se a chanceler saiu a fazer articulações internacionais e a pregar a invasão militar de um país vizinho.

São tantas as situações nesse festival de idiotices que é difícil saber qual dos filhos fez o quê. Mas um dos patetas participou da primeira reunião ministerial, que, por sua natureza, deveria ter a participação vedada a quem não fizesse parte do Ministério. Não satisfeito, desandou a sacar fotos com seu aparelho celular, postando-as nas redes sociais para mostrar aos amigos como era importante. Deixou claro, com o gesto, que a segurança do Planalto não se atreveu a recolher o seu celular, a exemplo do que fez com os aparelhos de todos os ministros.

Enquanto isso, outro dos filhos (como se vê, o autor deste artigo os confunde e, sinceramente, já não sabe se está falando do pateta 01, do 02 ou do 03) usa o Twitter para agredir o presidente da Câmara e ditar regras sobre todo e qualquer assunto do governo, como se voz oficial tivesse. Não é desautorizado pelo papai. É como se fosse mais um pimpolho fazendo travessuras.

Mas há algo mais grave.

As flagrantes ligações da família Bolsonaro com as milícias - grupos criminosos da pior espécie - não são investigadas seriamente pelo outrora candidato a justiceiro Sérgio Moro. Aliás, o mesmo Moro, agora ministro, elabora um projeto de combate ao crime que não dá a menor importância a elas. Será que as notórias ligações do presidente com milicianos inibem uma ação do ministro da Justiça?

A verdade é que voltamos ao reino do "sabe com quem está falando". O governo não funciona segundo critérios republicanos.

O País está diante de gente que pensa ser uma família real, mas não passa de um bando de caipiras grosseiros, primários e autoritários, deslumbrados com o poder e ignorantes sobre o que significa uma república e que é o funcionamento de um Estado democrático.

Enfim, estamos diante de um retrocesso civilizatório.

Como se vê, a espantosa demissão do funcionário do Ibama não foi algo isolado. Ela é perfeitamente coerente e se articula com um conjunto de fatos.

Fatos escabrosos, por sinal.

(4/4/2019)

Afinal, onde estão os militares?

MEU PAI ERA oficial do Exército e eu próprio, na infância, pensei em seguir carreira militar. Convivi com filhos de outros oficiais e quase fui matriculado no Colégio Militar. Se isso acontecesse, talvez tivesse cursado as Agulhas Negras.

Embora progressista, o coronel Ney Benjamin guardava marcas do ambiente em que viveu até passar para a reserva. Assim, meu contato com a cultura e com o pensamento dos militares foi maior do que o da maioria das pessoas.

Devo dizer que tenho a melhor lembrança do meu pai, tendo a certeza que seu exemplo (sem dúvida, também influenciado pela caserna) foi importantíssimo para moldar minha personalidade.

Fui, depois, preso político, não tendo sido bem tratado em quartéis do Exército. Mas não guardo ressentimentos. Aliás, gosto de uma frase de Confúcio: “Guardar rancor é como ficar com um carvão em brasa nas mãos para jogá-lo em alguém: você é que acaba queimado”.

Não subestimo a importância das Forças Armadas para o País. Elas são uma instituição permanente e necessária. Não interessa a ninguém vê-las achincalhadas. Talvez só interesse aos que querem vê-las diminuídas em sua missão constitucional e transformadas numa espécie de polícia. É o que desejam, por exemplo, os Estados Unidos.

É possível que os mais jovens não saibam, mas as Forças Armadas brasileiras já tiveram em seu interior uma expressiva corrente democrática e nacionalista. Essa corrente, aliás, foi decisiva para a criação da Petrobrás.

Com o golpe de 64, elas sofreram um expurgo. Mas, se foram cassados todos os militares de esquerda ou com posições radicalmente democráticas, o entreguismo não era bem visto por todos nas Forças Armadas, embora estivesse presente nos primeiros tempos da ditadura.

Sempre ficou a impressão de que subsistia alguma corrente ou pelo menos um certo sentimento nacionalista, ainda que minoritários e dando pouca importância à democracia.

O próprio general Ernesto Geisel esboçou um projeto nacional para o País, mesmo que com limitações. Redirecionou a política externa e tratou de fazer ajustes na economia, diminuindo a subordinação ao imperialismo. Enfim, sua política foi diferente da dos tempos de Castelo Branco, quando o embaixador Juracy Magalhães chegou a afirmar: “O que é bom para os Estados Unidos é bom para o Brasil”.

Pois agora é o caso de se perguntar se essa frase vergonhosa é a bússola do governo Bolsonaro na política externa. Ele é, disparado, o mais entreguista da história. Com sua política vai na linha do que disse Juracy Magalhães. Promove, com gosto, a liquidação de qualquer estrutura do Estado capaz de formular e conduzir uma política própria, alinhada com os interesses do País. Permitiu a entrega da Embraer e já fala em “privatizar tudo”, até a Petrobrás.

Para desgosto dos caipiras deslumbrados, porém, todas essas demonstrações de amor incondicional ao “grande irmão do Norte" foram solenemente ignoradas pela imprensa americana. Nenhum jornal minimamente importante deu atenção à visita de Bolsonaro ou à agenda que ele cumpriu nos Estados Unidos.

Aliás, nesta viagem Bolsonaro mais pareceu um cachorrinho abanando o rabo para ganhar um agrado do dono. Portou-se como um caipira deslumbrado ao chegar à cidade grande. Sem que fosse perguntado a respeito, defendeu o muro na fronteira com o México, para barrar a entrada de imigrantes, e previu a reeleição de Trump. Ofereceu de bandeja, sem pedir nada em troca, a base de Alcântara. E abriu mão da exigência de vistos para a entrada de americanos no Brasil, também sem qualquer contrapartida.

Enquanto isso o ministro Paulo Guedes, representante do capital internacional designado para comandar a área econômica do governo, seguia no mesmo tom, afirmando em discurso que ele e Bolsonaro "amam os americanos". Lembrou o ex-presidente argentino Menem, que disse que seu país e os Estados Unidos tinham uma "relação carnal".

Uma vergonha.

Cada declaração de Bolsonaro foi cuidadosamente pensada para bajular Trump. Ele chegou a declarar, em mais uma demonstração de puxa-saquismo, que conta com "a capacidade bélica dos Estados Unidos para libertar a Venezuela". Vale mesmo tudo para agradar os americanos.

Se fosse feito um documentário sobre essa viagem, eu recomendaria como trilha sonora a música "O cordão dos puxa-sacos", uma marchinha de autoria de Roberto Martins que fez sucesso do carnaval de 1945. "E o cordão dos puxa--sacos cada vez aumenta mais" era o estribilho.

E tudo isso transcorre sob os aplausos ou, pelo menos, sob o silêncio cúmplice das Forças Armadas.

Não se veja no que direi a seguir qualquer exortação a um golpe de estado. Deixo bem claro: sou contrário a golpes de estado. Mas, já que os militares são tão influentes no governo Bolsonaro, poderiam se preocupar com os mais altos interesses do País e deixar um pouco de lado suas reivindicações corporativas na reforma que acaba com a Previdência pública e esmaga os trabalhadores.

Ou já não teremos mais qualquer vestígio de nacionalismo e patriotismo nas Forças Armadas brasileiras? Se for isso mesmo, até agradeço o fato de meu pai, o coronel Ney Benjamin, já não estar entre nós. Ele não merecia ver esse quadro e talvez morresse de desgosto.

Como se vê, tem sentido a pergunta que dá o título deste artigo: "Afinal, onde estão os militares?"

(22/3/2019)

Um elogio, duas dúvidas e uma pergunta

DOIS DIAS ANTES de completar o primeiro aniversário, a execução de Marielle Franco e Anderson Gomes, seu motorista, começa ser desvendada. Foram presos um PM reformado e um ex-PM, apontados como os dois executores do crime. Faltam, claro, que sejam presos os mandantes e que sejam elucidadas as razões do assassinato. Ou alguém acredita que um matador profissional passou três meses estudando os passos de sua próxima vítima para matá-la por diletantismo? Ou que ele a matou porque não gostava de "gente de esquerda"?

Esse homicídio não foi mais um, dentre tantos que ocorrem no Brasil. O assassinato de alguém sempre é algo muito grave. Mas a morte de gravidade de um assassinato político vai muito além da morte da vítima. Os tiros atingem a democracia. Mostram que a disputa está sendo travada de forma inaceitável. São um retrocesso no processo civilizatório.

A equipe da Polícia Civil do Rio que desvendou o assassinato está de parabéns. Como informou à imprensa o delegado responsável pela Divisão de Homicídios, Giniton Lages, foi um trabalho de investigação penoso, que demandou um enorme esforço, procedimentos sofisticados e uso de alta tecnologia.

Pois bem, passadas as congratulações, restam algumas dúvidas.

A primeira delas: de que forma vazou a operação que prendeu os dois PMs bandidos?

Sabe-se que, por razões legais, a polícia não pode entrar em residências antes das 6h da manhã. Pois bem, os executores do crime deixaram suas casas de em torno das 4h da madrugada. Isso significa que tinham sido avisados da operação que os prenderiam. Ao sair, porém, caíram nas mãos da polícia, que estava a postos desde as 3h, do lado de fora. É que, desconfiados de que a operação poderia ter vazado, os policiais chegaram cedo...

Embora possa ter ocorrido, é difícil pensar que uma investigação delicada como essa e levada com tanto profissionalismo não tivesse compartimentado as informações sobre a operação que prendeu os dois matadores. O mais provável é que seus participantes só tenham sido informados no momento em que ela aconteceu. É também provável que até seus celulares tenham sido recolhidos, por precaução. Pelo menos, em geral as coisas funcionam assim.

Se essas precauções foram tomadas, a explicação para o vazamento é que ele ocorreu "de cima", a partir de quem, na cadeia de comando, era superior hierárquico aos comandantes da investigação. Pela relevância da operação, não seria absurdo que os ocupantes dos cargos superiores tivessem sido informados da prisão iminente dos dois matadores. Eles seriam, pelo menos, o secretário da Polícia Civil e o governador.

Claro que não se pode acusá-los de ter vazado a operação. Seria uma leviandade. Mas fica a pulga atrás da orelha.

Vem, então, a segunda dúvida: por que a diretor da Divisão de Homicídios, Giniton Lages, foi afastado abruptamente do caso no dia seguinte às prisões, se seu desempenho tinha sido tão elogiado que até o governador, em seu exibicionismo, tinha levado o anúncio das prisões para o Palácio?

A justificativa de que Giniton já tinha "cumprido a sua missão" é pueril. Acredita nisso quem acreditar em Papai Noel e no coelhinho da Páscoa. Afinal, em se tratando do caso Marielle, falta o mais importante: os mandantes do crime.

O governador Witzel anunciou que Giniton partirá imediatamente para a Itália para fazer um curso sobre o combate à máfia. É estranho. Fica a impressão que o que se quis mesmo foi tirá-lo das investigações.

Tudo fica, ainda, mais estranho quando se lembra que Witzel festejou o assassinato de Marielle, em cima de um carro de som, ao lado de dois parceiros trogloditas que exibiam, em festa, a placa com o nome da vereadora partida em dois pedaços.

O governador não esconde seu apreço por Bolsonaro e suas teses. Diante de tudo isso e depois que as investigações chegaram a integrantes de grupos de extermínio, próximos à família Bolsonaro (claro que tudo pode ser coincidência!), é oportuno lembrar o discurso de um certo deputado no plenário da Câmara em 12 de agosto de 2003, numa sessão em que estava sendo denunciada a ação de um grupo de extermínio que agia na Bahia.

"Quero dizer aos companheiros da Bahia — há pouco ouvi um parlamentar criticar os grupos de extermínio — que enquanto o Estado não tiver coragem de adotar a pena de morte, o crime de extermínio, no meu entender, será muito bem-vindo. Se não houver espaço para eles na Bahia, podem ir para o Rio de Janeiro. Se depender de mim, terão todo o meu apoio, porque no meu estado só as pessoas inocentes são dizimadas."

O autor desse discurso foi o então deputado Jair Bolsonaro.

Por fim, a terceira dúvida: foi proposta a abertura de uma CPI na Câmara; a bancada bolsonarista vai apoiá-la?

(13/3/2019)

Alfredinho: exemplo de cristão, exemplo de comunista

EM 1962 A REUNIÃO da Organização dos Estados Americanos (OEA) em Punta del Este, no Uruguai, expulsou Cuba socialista daquele organismo, inteiramente controlado pelos Estados Unidos. O governo cubano sabia que o encontro seria um jogo de cartas marcadas e não fez por menos: enviou como representante Ernesto Che Guevara, um de seus principais dirigentes, que não era nascido em Cuba, mas na Argentina.

O tiro do imperialismo saiu pela culatra. Com sua inteligência e seu carisma, Che roubou a cena. Na saída, uma senhora uruguaia quis saber se eram parentes, já que ela também tinha Guevara no sobrenome. Che a abraçou e disse, com carinho: "Não sei se somos parentes, mas se você se indignar com as injustiças deste mundo, somos mais do que parentes, somos companheiros."

A resposta ganhou o mundo.

Pensei na frase do Che ao chegar ao velório de Alfredo Jacinto Melo, o Alfredinho do Bip Bip, na segunda-feira. Ele era alguém que se indignava profundamente com as injustiças. Alinhava-se até a raiz dos cabelos com as duas correntes mais expressivas do humanismo nos nossos tempos:

o comunismo e o cristianismo. Claro que não falo do "comunismo" de burocratas ou do "cristianismo" alinhado com os poderosos. Alfredo era um verdadeiro comunista e um verdadeiro cristão. Por isso mesmo, era profundamente humanista.

Ele comungava toda semana. Nas vezes em que viajamos juntos, sua primeira providência era saber onde havia uma igreja perto do hotel. Fez isso até na Rússia, onde estivemos em 2017, com um grupo de mais de 15 amigos do Bip nas comemorações dos cem anos da Revolução de Outubro. Não se importou quando eu lhe disse: "Alfredo, a igreja aqui é ortodoxa e a missa, em russo".

Seu velório, acontecido no Bip Bip parecia ter saído das páginas de um livro de Jorge Amado. Dezenas de instrumentos diferentes tocaram durante horas o que há de melhor na música brasileira, embalando o coro dos presentes. Parecia que Quincas Berro D'Água estava ali, no caixão.

Eu frequentei o minúsculo bar em Copacabana durante 30 anos. Quando deixava de ir por uns tempos, Alfredinho me telefonava reclamando. Não havia garçons e os próprios clientes se serviam. Com apenas 18 metros quadrados, o Bip sediava o que havia de melhor na música e na vida. Ouvia-se samba, choro e bossa-nova. Ali se formaram dezenas de músicos e um sem número de casais.

Os hotéis de Copacabana conheciam a fama do Bip - música boa e de graça e bebida a preços honestos – e o recomendavam a clientes menos propensos a programas típicos de turistas. Havia sempre uma legião de estrangeiros. Alfredinho só falava português, mas se fazia entender por todos.

Ele mantinha uma série de projetos sociais, ajudando crianças de rua ou mães pobres, que sustentava com ajuda dos frequentadores do Bip. Mas não fazia só caridade. Sabia que a mudança virá pela política. Interrompia a música para um pequeno discurso sempre que, a seu ver, a situação exigia. E deixava claro: "O Bip é um bar musical e socialista". E ai de quem insistisse em conversar alto, atrapalhando a música, ou falasse mal de seus ídolos políticos. Levava logo um esporro ou era convidado a se retirar, mesmo sem pagar a conta, mas com um pedido: "Não volte". Aconteceu há pouco com um uruguaio que ousou criticar Mujica.

Enfim, eu poderia ocupar o jornal todo para falar do Alfredo. Mas vou contar só mais dois episódios, recentes.

Há uns dez dias, um jovem casal de alemães estava se deliciando com a música, mas resolveu ir embora. Alfredo quis saber a razão, porque se percebia que os dois estavam gostando muito. Alguém traduziu e, em inglês, os alemães explicaram: tinham sido assaltados a caminho do bar e ficaram sem dinheiro. Como estavam perto, resolveram ir ao Bip assim mesmo. Mas não tinham como pagar a bebida. "Vocês são meus convidados. Bebam à vontade. Outro dia pagam a conta" – disse Alfredo.

O outro episódio me foi contado por Rafael Dummar, cavaquinista amigo formado no Bip, enquanto nos abraçávamos no velório, chorando. Me disse Rafinha: "Não só nós dois estamos assim. Ali naquela esquina tem quatro catadores de lata também chorando a morte dele."

Não vou dizer que o Brasil de hoje e seus Bolsonaros mataram Alfredinho. Mas ajudaram.

O mundo fica menor sem o nosso Alfredo.

Mas ele nos deixou no carnaval mais politizado da história, com a Mangueira campeã cantando as nossas Marias, Mahins, Marielle e Malês e lembrando a presença do povo na construção do País.

Viva Alfredinho!

(7/3/2019)

Não são só duas as possibilidades. São três

HÁ ALGUNS DIAS, Ruy Castro, em sua coluna na "Folha de S.Paulo", comparou o presidente Jair Bolsonaro a dois velhos personagens de piadas: o papagaio e o português. E lembrou que eles caíram em desuso. Já não se pergunta pela "última do papagaio" ou pela "última do português". Agora, o que se quer saber é da "última do Bolsonaro", tal a quantidade de situações hilárias ou ridículas (para usar expressões leves) em que o cidadão se envolve, dia após dia.

Não à toa, Bolsonaro é o presidente com a pior avaliação na história nos três meses iniciais de um primeiro mandato. Talvez por isso, quer retomar a popularidade fazendo uma volta às origens. O foco de seu discurso mudou. Ou melhor, voltou ao que era no passado. Agora, a questão central para ele já não é mais a reforma da Previdência, pérola do ultraliberalismo apontada como o grande objetivo deste início do mandato. O presidente parou até de se falar em Paulo Guedes – um admirador da ditadura de Pinochet - como o seu "Posto Ipiranga". Voltou ao discurso da campanha – e até da pré-campanha - com ênfase em dois aspectos: (1) a truculência no tratamento de toda e qualquer questão, não importa qual seja ela; e (2) a crítica ao que chama de "velha política" e a reafirmação de que não vai comprar votos no Congresso.

Ora, Bolsonaro está careca de saber que, salvo quando há pressão das ruas, a maioria dos parlamentares age movido por interesses próprios, que quase nunca são republicanos. Quando falam em negociação, se referem a uma negociação peculiar: não estão em jogo convencimento, ideias ou propostas, mas a liberação de emendas ou nomeações para cargos públicos, de preferência com acesso a polpudos recursos.

Aí reside a origem da sua recente briga com Rodrigo Maia, o principal articulador da direita na Câmara dos Deputados e figura-chave para a aprovação do desmonte da Previdência pública. Maia quer uma "negociação" nos termos tradicionais, com a compra de deputados. Mas para isso precisa do Poder Executivo, que é quem tem recursos para bancar as emendas e cargos para distribuir. E o presidente está fazendo jogo duro.

Claro que é difícil dizer se essa disposição de Bolsonaro vai se manter, e por quanto tempo, ou se é só jogo de cena passageiro. Mas o fato é que a briga do presidente (e também de Moro, seu parceiro) com Maia e o corpo mole para cooperar com a "negociação" com parlamentares, atrapalham a aprovação da reforma. Por isso, muita gente ficou sem entender o que o presidente quer de verdade.

Com esse comportamento, ele se descolou momentaneamente do grande capital e mantém apoios apenas na turma da Lava-Jato e na alta oficialidade das Forças Armadas, brindada com um generosíssimo aumento salarial.

Enquanto isso, os bancos (os maiores interessados numa Previdência com o sistema de capitalização), os grandes meios de comunicação e o agronegócio - o grande capital, enfim - estão todos descontentes com Bolsonaro. E já começam a se perguntar se ele é mesmo o melhor timoneiro para conduzir as mal chamadas reformas. Editoriais de jornalões e colunistas alinhados com os interesses do grande capital já não escondem que preferem a substituição do presidente.

Começam a se formar, então, dois campos na direita. O de Bolsonaro, trazendo consigo o pessoal da Lava Jato (Moro, Dallagnol e a turma de Curitiba) e os generais; e, de outro lado, o de Maia, com o Congresso (principalmente o Centrão), Paulo Guedes e o STF.

Bom, como ficam o movimento popular, o campo democrático e a esquerda nisso tudo?

Há quem prefira que Bolsonaro ganhe a parada e - ajudado pelos três patetas, seus filhos - continue a cometer patacoadas. Isso tornaria mais difícil seguir adiante com a política de entrega do país e de aprovação das contrarreformas. O problema é que a vitória de Bolsonaro e seus aliados sobre o STF e o Congresso traria de contrabando (seria mesmo um contrabando, ou parte é essencial do pacote?) o crime organizado, adubando o terreno para uma ação sem freios das milícias. O próprio regime democrático – mesmo com todas as limitações conhecidas do que temos - estaria em risco.

Por essas razões – e são razões de peso! - há gente de esquerda que prefere a substituição do atual presidente, para que entre em seu lugar o vice Hamilton Mourão. As contrarreformas talvez fossem aprovadas com mais facilidade, é verdade. Mas, por outro lado, ao que se sabe Mourão não tem ligação com milícias ou com grupos de extermínio, ainda que já tenha homenageado Brilhante Ustra - o torturador-símbolo.

Mas estará, então, o movimento popular entre a cruz e a caldeirinha? Será que as opções são a implantação de uma ditadura, com a vitória de Bolsonaro, ou a aprovação das contrarreformas com Mourão, mantendo-se certas garantias do estado de direito?

Penso que não. As alternativas não são só estas. As ruas podem ter influência no cenário político. Essa influência não é, necessariamente, de um porte tal que leve a uma revolução ou coisa do gênero. Não há qualquer indicador disso. Mas as possibilidades não são só oito ou oitenta. Não há apenas dois desdobramentos possíveis para o movimento popular no atual momento: ser apenas expectador do processo ou de assumir a hegemonia política – ainda que se deva trabalhar para construir essa última hipótese.

Não custa lembrar que, devido à resistência das ruas e ao receio de encampar uma bandeira impopular, o Centrão e parte significativa da base de Michel Temer vacilaram e uma proposta de reforma da Previdência mais branda do que essa de Bolsonaro foi inviabilizada. É uma possibilidade real que, agora, a reforma de Bolsonaro tampouco consiga emplacar.

Afinal, pode ser que Bolsonaro, sem as travas ou as amarras que bem ou mal o atual estado de direito impõe, dê cobertura a grupos de extermínio, inclusive os que assassinam adversários políticos. E, assim, poderá pôr em prática, direta ou indiretamente, o que sempre pregou: a eliminação física de milhares de esquerdistas e militantes do movimento popular, tal como ocorreu na Argentina na segunda metade dos anos 70.

Assim, não se trata apenas de uma disputa entre, de um lado, Bolsonaro e seus aliados – Moro, a turma da Lava-Jato e os generais – e, de outro, Maia, Guedes, o Congresso, o STF e aqueles que apostam apenas na defesa do estado de direito, mesmo que só para manter seus espaços e sem querer enfrentar as limitações e as deformações do nosso sistema político.

A resistência popular pode alargar as possibilidades da democracia e da defesa dos direitos dos trabalhadores, contribuindo para uma virada na conjuntura. Não estamos diante de uma escolha de Sofia.

A presença do povo pode mudar o quadro.

(28/3/2019)

DA SÉRIE

Historinhas dos anos chumbo

Análise crítica do marxismo liberada

UMA DAS PREOCUPAÇÕES da minha mãe, Iramaya, era conseguir a entrada de livros para o meu irmão César, que acabou preso em isolamento durante três anos e meio na ditadura.

Nesse esforço, ela travava uma disputa permanente com o major encarregado de dar ou não autorização para a entrada de livros.

Conseguiu que ele reconsiderasse um veto ao livro "Pour Marx: análise crítica da teoria marxista", de Althusser, sob o argumento de que era "uma análise crítica".

A partir daí, toda a obra de Althusser foi liberada

"É aquele mesmo autor da análise crítica ao marxismo", argumentava ela e o militar aceitava.

Capim e babaca nascem em qualquer lugar

SEMANA PASSADA, com a preciosa ajuda do amigo Cleber Negão, a quem recorro mais uma vez hoje, tratei da reforma da Previdência proposta pelo governo Bolsonaro. Mostrei a inconsistência das contas que apontavam o rombo, justificativa para mudar as regras e arrochar mais os trabalhadores. Lembrei que os defensores da reforma não computavam todas as receitas previstas na Constituição para a Seguridade Social: listavam, de um lado, as despesas totais do sistema e, de outro, só as contribuições de patrões e empregados, deixando de fora as receitas criadas em 1988 (Cofins, CSLL e parte das loterias), quando a Previdência incorporou os trabalhadores rurais.

Esse truque começou no governo FHC e foi mantido por Lula, Dilma e Temer.

A Previdência era superavitária até 2016, como constatou a CPI do Senado, presidida por Paulo Paim (PT-RS). Seu relatório final foi aprovado por unanimidade em outubro de 2017. Aponta inconsistência nos dados fornecidos pelo Executivo e diz que "eles desenham um futuro aterrorizante e totalmente inverossímil". Entre suas recomendações estão a criação de mecanismos de combate a fraudes, mais rigor na cobrança de grandes devedores e o fim do desvio de recursos da Seguridade Social para outros fins. Coisas óbvias.

A CPI mostrou até a viabilidade de um aumento para R$ 9.370 do teto dos benefícios, hoje de R$ 5.531.*

O objetivo com a atual proposta de reforma não é a busca de equilíbrio fiscal. Até porque seus defensores aprovaram desonerações tributárias, perdões bilionários de dívidas de grandes corporações e a reforma trabalhista, que reduz a contribuição de trabalhadores e empregadores. O objetivo da reforma é outro: transferir ao sistema financeiro, via regime de capitalização, a parte mais suculenta do sistema previdenciário, hoje com o Estado.

Desde 2016, as desonerações - mais a leniência na cobrança de grandes devedores e a recessão provocada por políticas neoliberais - descapitalizam a Previdência. Mas, ainda assim, cabe falar em déficit?

Como foi lembrado num artigo anterior, o artigo 195 da Constituição diz: "A Seguridade Social será financiada por toda a sociedade, de forma direta e indireta, nos termos da lei, mediante recursos provenientes dos orçamentos da União, dos estados, do Distrito Federal e dos municípios, e das contribuições sociais".

Isso significa que, caso as contribuições sociais sejam insuficientes para cobrir os gastos, recursos adicionais devem vir do Orçamento da União. Portanto, tecnicamente, não se pode falar em déficit, pois a União teria que atender a direitos constitucionalmente garantidos.

---

* (https://www12.senado.leg.br/noticias/materias/2017/10/25/cpi-da-previdencia--aprova-relatorio-final-por-unanimidade)

Mas vamos às desonerações. Elas são escabrosas:

A MP 795/2017, aprovada em 13/12/2017 no Congresso, reduz tributos de multinacionais como Exxon Mobil, Petrogal, Statoil, Total, PBEnergy, Repsol Sinopec, CNODC, CNOOC, QPI e Shell, a pretexto de estímulo para a participação nas licitações do pré-sal. E permite a importação de equipamentos, navios, plataformas e todos os insumos com isenção fiscal. Seria preciso esse presente para turbinar os leilões?

Para 2018, a previsão de renúncia de receita é de R$ 17 bilhões, segundo o Ministério da Fazenda. Já a Consultoria Legislativa da Câmara dos Deputados, que usa outra metodologia, diz que a perda é de R$40 bilhões/ano. Em 25 anos significaria renúncia de R$ 1 trilhão. O nome disso é transferência de renda do Estado para multinacionais. Por isso, por favor, não se pode falar em busca do equilíbrio fiscal com a reforma da Previdência.

Pois bem, Bolsonaro espera contar com os governadores para mobilizar as bancadas de seus estados e aprovar essa reforma da Previdência. Enquanto isso, há governadores se aposentando com R$ 30 mil por mês depois de dois mandatos.

Recorro, mais uma vez, à sabedoria do meu amigo Cleber Negão: "Estão ferrando os pobres e tem gente que não vê. Fazer o quê? Capim e babaca nascem em qualquer lugar."

(21/2/2019)

Cleber Negão, MiniMaia e a Previdência

MEU AMIGO CLEBER Negão tem mais de 120 quilos e um sorriso largo, de orelha a orelha. É daqueles filósofos populares sem grande escolaridade, mas que sabem tudo da vida. Ele sabe, por exemplo, que essa reforma de Previdência proposta não cheira bem.

"Senão - pergunta Cleber - por que deputados e senadores ficam de fora dela?". E vai além: "Por que os políticos que defendem essa reforma podem se aposentar com oito anos de trabalho? E por que eles não descontam para o INSS, se aposentando com as mesmas regras que todo mundo? Porra, parlamentar não é profissão, é um emprego provisório."

Cleber estava especialmente irritado com o que ouviu do presidente da Câmara, Rodrigo Maia, no Jornal da Dez da GloboNews (9/2/2019): "Todo mundo consegue trabalhar hoje até 75 ou 80 anos", afirmou o deputado. Ele esqueceu que a expectativa de vida no Brasil é de 72 anos para os homens e 79 para as mulheres.

"O que esse MiniMaia, garoto criado com todinho, sabe da vida de um trabalhador?" Cleber é assim. Costuma arranjar apelidos depreciativos para os desafetos. Como Rodrigo é filho do Cesar Maia, Cleber o trata de MiniMaia.

(...)

(14/2/2019)

Para que passe na avenida um samba popular

Sobre a análise do PSol acerca da vitória de Bolsonaro em 2018

1º) A VITÓRIA ELEITORAL de Jair Bolsonaro significa muito mais do que uma mudança na conjuntura. Ainda que não se possa prever o que virá com o seu governo e nem afirmar que o governo de um fascista redundará necessariamente num regime fascista, o resultado da eleição encerra um ciclo histórico.

Poderíamos, em linhas gerais, situar um primeiro grande ciclo para as esquerdas e as classes trabalhadoras brasileiras começando na Revolução de 30, hegemonizado pelo trabalhismo e o PCB. O Brasil deixa de ser um país rural e, sob a batuta de Getúlio Vargas, se urbaniza. Sua indústria se consolida, a classe operária encorpa e direitos básicos dos trabalhadores são reconhecidos.

Esse ciclo trabalhismo-PCB é fechado com o golpe militar de 1964, que interrompe reformas que mudariam o perfil da sociedade. Depois de um período em que a resistência à ditadura foi sufocada por uma dura repressão, os anos 80 apontam para a redemocratização do País, a reorganização do movimento dos trabalhadores e o início de um novo ciclo, hegemonizado pelo PT. O partido vai estar na Presidência durante 13 anos e governar importantes estados e municípios.

Este ciclo se encerra agora com a vitória de Bolsonaro.

2º) A derrota eleitoral torna obrigatório o debate acerca de erros e acertos. Beira o ridículo a afirmação de que "não é hora de fazer críticas", sob o argumento de que elas fortaleceriam os adversários. É o mesmo discurso esgrimido desde o primeiro governo Lula, quando este abdicou da condução da política económica e "chamou o Meirelles".

É inegável que os governos do PT trouxeram melhorias para os mais pobres. Ainda que não se possa falar em democratização da distribuição de renda, porque os ganhos do andar de cima também aumentaram, programas sociais e aumento do salário-mínimo melhoraram a situação dos pobres. Mas, não foram feitas reformas estruturais e houve momentos em que havia ampla margem de manobra para tal. Assim, as mudanças nem se consolidaram, nem foram adiante.

Nas palavras do insuspeito, competente e honesto André Singer, que foi porta-voz do Lula, o PT desenvolveu "um pacto conservador de alta intensidade, compensado por um reformismo fraco". É uma boa definição.

Mas, o que fez o PT nos 13 anos em que governou o País para mudar a cabeça das pessoas? Não teria sido importante enfrentar o monopólio na mídia eletrônica, tratando de democratizá-la e buscando canais próprios para politizar a sociedade? Não teria sido correto realizar reformas estruturais (a tributária, a política, a agrária, a urbana e outras), mobilizando os trabalhadores e buscando a sustentação do governo a partir daí?

A aposta foi outra: evitar conflitos com as classes dominantes. Lula chegou a afirmar, como se tivesse orgulho disso, que, em seus governos, os bancos tiveram os maiores lucros da história. Assim, quando Dilma Roussef sofreu o impeachment, não teve apoio na sociedade. Afinal, quem se mobilizaria para sustentar um governo que enfrentou a crise trazendo mais recessão e desemprego, dando o comando da economia a Joaquim Levy, indicado por um grande banco e hoje na equipe de Bolsonaro? As lembranças de benesses passadas já não bastavam.

É preciso que esta lição seja aprendida por quem queira mudar o País.

3º) Há outra questão: a corrupção. A sensação de que o PT, como partido, e muitos dos seus dirigentes estavam envolvidos na corrupção é generalizada na sociedade. Isso não corresponde à realidade? O fato é que o tema serviu para a demonização do partido e jogou no lixo um património histórico das esquerdas.

É fato que a corrupção no País não começou com o PT e que há, de parte da mídia e do Judiciário, um rigor maior ao tratar os casos envolvendo o partido. Mas, e daí? Dizer que a corrupção vem de longe e que o PT não era o partido mais corrupto do País – linha de defesa de muitos petistas – chega a ser ridículo.

Há perseguição ao PT e aos petistas? Sim. É necessária a solidariedade a Lula, vítima da uma condenação injusta?

Sim. Mas alguém nega que houve corrupção do PT e de petistas de alto escalão?

É forçoso reconhecer que essa questão ajudou a direita a ganhar a hegemonia no debate político e ideológico no conjunto da sociedade. Essa hegemonia se refletiu nas ruas quando do impeachment. Só por isso, aliás, as chamadas "fake News" tiveram tanto efeito, apesar de algumas serem inverossímeis, de tão primárias.

Não se pode ser socialista se não se é republicano. E ser republicano implica ser absolutamente correto com a chamada coisa pública.

A afirmação acima não significa a apologia do legalismo. A história mostra que muitos direitos democráticos foram conquistados forçando-se a ampliação da legalidade vigente e até desrespeitando-a. Assim foi com o direito de greve e a liberdade de organização, na ditadura. Ou com ocupações nas lutas pela reforma agrária ou pela reforma urbana no momento posterior.

E não nos esqueçamos que, ao longo da história, aberrações foram respaldadas em leis, como a escravidão no Brasil ou o apartheid na África do Sul. Muitas vezes as lutas contra essas iniquidades atropelaram a legalidade vigente, mas serviram para alargar ou conquistar direitos democráticos. Eram atos que, mesmo não sendo legais, eram legítimos e, por isso, podiam ser defendidos abertamente.

Foi o caso, também, de ações armadas no tempo da ditadura no Brasil. Elas podem e devem ser criticadas do ponto de vista político, por se inserirem numa estratégia equivocada, mas nunca por não terem tido legitimidade.

Será que acontece o mesmo com atos de corrupção, ainda que alguns tentem justificá-los porque supostamente nutririam os cofres de um partido que lutava pelo socialismo? E o que dizer dos casos de dirigentes partidários que enriqueceram, diretamente pela corrupção ou prestando "consultorias" (na verdade, fazendo lobby) para grandes empresas?

Nada disso é defensável diante da sociedade. E quem quer lutar pela hegemonia só deve fazer aquilo que pode defender abertamente.

Esse quadro desaguou na eleição de Bolsonaro.

4º) Não vale a pena nos determos na avaliação da eleição feita pelo PT. Não há um pingo de autocrítica, o que já a compromete de antemão. Mas o balanço do PSol é também insatisfatório. Destaca o crescimento da bancada federal, a superação da cláusula de barreira e o fato de ser a única bancada eleita com paridade de homens e mulheres. O título da resolução é ilustrativo: "Uma campanha vitoriosa". Ora, os elementos centrais a destacar deveriam ser outros: a profunda derrota das esquerdas e das forças democráticas, o novo quadro e o significado nefasto da vitória de Bolsonaro.

Não é razoável a justificativa de que para "levantar o moral da tropa" era preciso destacar os pontos positivos na disputa eleitoral. Dirigentes responsáveis não agem assim. A verdade, por dura que seja, é sempre o melhor caminho. A eleição representou um duro golpe para as forças progressistas e, por isso, também para o PSol e seus objetivos. Os aspectos positivos secundários são exatamente isso, secundários. Não poderiam dar a tônica da resolução.

Nos limitamos a olhar para a nossa árvore, relativamente preservada (por enquanto), e não vimos o bosque – ameaçado de incêndio. Mas este incêndio poderá nos queimar também. Não foi dada importância à gravidade da derrota e ao novo ciclo aberto por ela. Preferimos olhar para o próprio umbigo.

É precipitado afirmar que estejamos diante de uma situação como a da Alemanha dos anos 30. Mas, mesmo com esta ressalva, seria razoável que, em 1933, o PC alemão fizesse um balanço parecido ao nosso das eleições que deram maioria relativa ao Partido Nazista e abriram o caminho para Hitler se tornar primeiro-ministro? Embora os comunistas tivessem tido uma pequena queda naquele ano, seus resultados eleitorais desde 1928 apresentavam um crescimento de 10%. Era o caso de enfatizar isso no balanço das eleições de 1933?

Como se vê, mesmo sem falsear números pode-se fazer uma análise mentirosa.

5º) Não há como prever o que será o governo Bolsonaro. Ele pode desaguar numa ditadura aberta, no velho modelo dos regimes militares da América Latina, mas pode também não chegar a tal. Porém, é certo que vai aumentar a repressão aos movimentos populares, tentará pôr na cadeia seus líderes e, talvez, ilegalizar os partidos de esquerda. Para isso, com o Congresso que temos pode até aprovar novas leis. Mas, a rigor, não precisa. Já há um vasto arsenal com a legislação deixada por Dilma (no qual se destaca a Lei Antiterrorismo) e com os atuais Ministério Público e Judiciário (em boa parte, no caso dos altos escalões, heranças do PT, pois em suas nomeações também se manifestou a ilusão de apaziguar a direita dando poder a direitistas).

De qualquer forma, haverá resistência caso Bolsonaro tente implantar uma ditadura. Mesmo com Trump no governo dos Estados Unidos, os tempos não são mais os da Guerra Fria. E o Brasil é um país grande, complexo; não é uma republiqueta. Bem ou mal tem instituições. Prostituídas, mas existentes. Elas não gostarão de ver diminuído o seu poder. Além disso, vai haver resistência popular. Esta, aliás, tem que ser o maior obstáculo aos planos dos que querem matar a democracia, caso se obtenha êxito nesse esforço. E as esquerdas têm uma responsabilidade central na organização dessa resistência.

De nada adianta segmentos do partido dizerem que não tivemos responsabilidade com os erros do PT. A derrota afeta todo mundo.

O reconhecimento da correlação de forças é essencial na política, tanto quanto na guerra. O general chinês Sun Tzu (545 aC – 470 aC) há 2.500 anos escreveu "A arte da guerra", até hoje um clássico. O livro ressalta a necessidade de se conhecer as próprias forças e as forças do inimigo para, a partir daí, estabelecer uma estratégia.

Não faltam exemplos de sérias derrotas das esquerdas que tiveram na origem o fato de não se levar em conta a correlação de forças.

Em 1973, quando do golpe militar no Chile, o Movimiento de Izquierda Revolucionária (MIR) não se adaptou à nova realidade. Foi duramente golpeado e, em pouco tempo, teve seus principais quadros presos ou mortos.

Na Argentina, depois que em 1976 um golpe de estado derrubou Isabelita Perón e implantou uma feroz ditadura, parcela da esquerda subestimou a gravidade do golpe, considerando que os novos tempos mostrariam que o único caminho era a luta armada, que sairia fortalecida. Não se adaptou à nova realidade e também foi dizimada.

6º) Evidentemente, mesmo num quadro desfavorável, é preciso resistir, mas sempre levando em conta a realidade e adequando as formas de ação à situação. Na maior parte das vezes, o avanço da luta não depende do maior ou menor ativismo de dirigentes e militantes, ignorando as condições reais. Há momentos em que a roda da história se acelera. E outros em que ela vai mesmo mais devagar. É bom ter isso presente.

A hora é de organizar a resistência, adaptando formas de luta e ritmo de ações às condições vigentes. Neste momento devem ser evitados atos próprios de uma ofensiva e que possam ser criminalizados ou reprimidos com muita violência. Os esforços devem se concentrar na mais ampla mobilização contra medidas concretas do novo governo.

7º) O governo Bolsonaro terá quatro eixos centrais:

a) O autoritarismo político, com estreitamento dos espaços democráticos e perseguição aos movimentos populares, seus partidos e seus líderes.

b) O fundamentalismo religioso, que ajuda a dar ao bolsonarismo caráter de massas e um reacionarismo exacerbado na pauta de costumes.

c) O ultraliberalismo, com ataques aos direitos dos trabalhadores e entreguismo.

d) A submissão à política e aos interesses dos EUA na política externa.

Mas Bolsonaro terá, também, dificuldades.

Seu ultraliberalismo vai trazer problemas na relação com a sociedade, pois os problemas sociais vão se agravar. Suas propostas são antipopulares e vão ter dificuldades no Congresso, por pior que seja a composição desse último. Se o antipetismo, a pauta de costumes e a bandeira do combate à corrupção serviram na eleição, agora não são suficientes. À medida que começar a aplicar sua política, o governo vai encontrar resistência. É papel da esquerda, em cada caso concreto, mobilizar os trabalhadores e o conjunto da sociedade para a oposição.

Bolsonaro já anunciou a reforma da Previdência como seu primeiro ponto. Eis um importante eixo para a mobilização de massas inicial contra seu governo. Outros itens de sua pauta permitem também ampla mobilização da oposição. Além disso, há problemas graves – como o desemprego – para os quais não vai dar solução.

O governo terá, ainda, contradições internas.

Em primeiro lugar, como será visto o seu entreguismo por parcelas nacionalistas das Forças Armadas, que são minoritárias, mas existem?

Depois, como se dará o combate à corrupção? Vai ser levado a sério ou será voltado só contra o PT e seus aliados? Se for para valer, a base parlamentar de Bolsonaro vai se esfarelar rapidamente, pois ela reúne o esgoto da política brasileira.

8º) No plano mais geral, para a resistência será preciso organizar uma ampla frente democrática, que incorpore partidos, entidades sindicais e populares, personalidades etc, sem qualquer discriminação. É infantil a posição de veto ao PT. Ela só ajuda Bolsonaro. Fazer aliança não significa estar subordinado ao aliado.

Até mesmo liberais que se oponham às políticas de Bolsonaro podem se integrar à frente. Se concordarem apenas com parte de seu programa, que se somem às lutas por essa parte. Uma grande amplitude só seria empecilho se os integrantes da aliança fossem obrigados a limitar sua ação política ao que contasse com a concordância de todos. Não sendo assim, e se cada um mantiver a possibilidade de iniciativas próprias, a frente deve estar aberta a quem quiser chegar. E até onde quiser chegar. Não deve haver vetos

Condicionar, também, a formação da frente a um prévio acordo entre as esquerdas significa, na prática, protelá-la.

Por outro lado, essa frente não pressupõe programas e estatutos formalizados. Isso seria uma perspectiva burocrática. Ela deve se dar na vida concreta.

Por fim, é bom ter claro que, se alguns nomes do Ministério de Bolsonaro parecem ter saído de um verdadeiro sanatório geral, amanhã vai ser outro dia e vai passar nessa avenida um samba popular, como disse Chico Buarque, em tempos recentes.

Vamos à luta. Com cabeça fria e coração quente.

(18/12/2018)

Uma ode à vida

ENTROU EM CARTAZ no Rio esta semana o filme "Uma noite de 12 anos".

É imperdível para qualquer pessoa que tenha um mínimo de sensibilidade humana.

Em meus quase 70 anos, poucos filmes mexeram tanto comigo.

Uma coprodução uruguaia, argentina, espanhola e francesa, dirigida pelo hispano-uruguaio Álvaro Brechner, o filme foi indicado pelo Uruguai ao Oscar. No festival de Veneza, depois de exibido, recebeu uma ovação de quase meia hora.

Ele é baseado no livro "Memorias del Calabozo", não editado em português, mas que pode ser encontrado em sebos e no portal Estante Virtual.

Conta a saga de três dirigentes tupamaros, dentre os nove classificados como "reféns" pela ditadura militar uruguaia e que, no mundo moderno, receberam um tratamento só comparável ao existente nos campos de concentração nazistas.

Dois dos três dirigentes cuja história é retratada no livro - Maurício Rosencoff, hoje escritor; e Eleutério Fernandez Huidobro, falecido em 2016; depois de ter sido ministro da Defesa do governo Pepe Mujica - são seus autores. O terceiro preso personagem do filme é o próprio Mujica, ex-presidente do Uruguai, que, por compromissos relacionados à sua atividade política, não teve condições de se dedicar também à redação do livro.

Aos presos considerados "reféns" os gorilas dedicaram um tratamento especialmente cruel. Não se tratava apenas de tentar extrair deles informações para o combate aos Tupamaros, mediante a tortura, mas de tentar destruí-los física e moralmente.

De fazer deles trapos humanos.

Torturados de forma intensa, foram mantidos durante 12 anos em calabouços em que não havia sequer vasos sanitários ou acesso a água, tendo que dormir no chão. Ficaram isolados de todo contato, seja com outros presos e seja com qualquer ser humano (inclusive os militares carcereiros).

Alguns dos locais em que foram mantidos eram poços secos, nos quais alimentos eram baixados por cordas e baldes, para serem comidos com as mãos. Os dejetos (fezes e urina) eram içados, também em baldes, por cordas.

É algo só visto na Idade Média.

O que torna o filme mais impactante é que ele não é só, nem principalmente, uma impactante denúncia. Claro que não poderia deixar de ser isso também. Mostra que o ser humano, capaz dos atos mais nobres, é também capaz dos mais ignóbeis.

Mas a impressão que tive é que esta não é a principal preocupação dos autores do filme. Ele é centrado na luta dos três presos para não enlouquecer e manter sua humanidade, apesar de tudo.

Assim, separados por paredes e sem se ver, dois deles inventam um código para comunicar-se por meio de pancadas nas paredes e, até, disputar partidas de xadrez imaginando tabuleiros.

"Nós nos agarramos à vida como uma planta trepadeira se agarra à parede. Se era necessário comer moscas, que para nós eram como passas com asas, comíamos moscas" - disse Rosencoff na apresentação do filme em Buenos Aires.

Um dos momentos mais impactantes do filme é quando os três saem do isolamento absoluto e um deles é deixado sozinho por alguns instantes no pátio interno de um presídio, podendo ser visto por centenas de presos políticos que se amontoam nas grades de janelas das celas em vários andares e o ovacionam. O preso, Ñato (Fernandez Huidobro), entra em transe, se porta como se estivesse num campo de futebol e, sob aplausos gerais, dança, corre, gesticula e comemora, fazendo de conta que estava driblando adversários e fazendo gols imaginários.

Esse caráter tocante e delicado e a capacidade de expressar, de forma radical, a luta pela humanidade (que, em proporções semelhantes é a mesma de um torturado que, para manter a sua humanidade, se recusa a dar informações aos carrascos) é o mais impactante no filme.

Eu diria mesmo que "Uma noite de 12 anos" é uma ode à vida.

Não à toa que boa parte dos que o assistem chora.

Ele mostra algo muito importante: apesar de tudo, a Humanidade pode vencer.

E, naquele episódio, apesar de tudo, ela venceu.

(2/10/2018)

A dor da gente não sai no jornal

CENA 1.

Há poucos dias um jornal do Rio deu o seguinte título para uma notícia que publicou: "Troca de tiros na Rocinha assusta moradores da Gávea".

A frase retratava uma realidade. De fato, moradores de um bairro próximo à favela se assustaram porque seus apartamentos poderiam ser atingidos por uma bala perdida. Mas, o que dizer de quem vivia na própria Rocinha, com uma guerra diante da porta e em meio a tiros de fuzil que poderiam ultrapassar as frágeis paredes de casa?

Para o jornal, porém, esse drama aparentemente era secundário.

CENA 2.

Na semana passada um respeitado colunista referiu-se, num artigo que publicou em jornal carioca, ao desconforto causado pela visão dos dependentes de droga da chamada Cracolândia, na capital paulista, vistos a partir de um apartamento nas proximidades. E falou no "drama cotidiano dos moradores que são obrigados a ver um cenário de horror de suas janelas".

De fato, ver da janela de casa seres humanos reduzidos a zumbis deve ser um horror. Mas, e a vida daqueles mortos-vivos não será um horror ainda maior?

(4/5/2018)

Uma luta da Humanidade

EXAGERAR QUANDO SE FAZ uma denúncia é sempre contraproducente. Por isso, é preciso cuidado quando se diz que, no Brasil, há genocídio de negros, ainda que a violência policial contra os pobres os atinja majoritariamente.

Mas genocídio é diferente disso: é o extermínio deliberado de uma comunidade, grupo étnico, racial ou religioso. No século XX tivemos três claros exemplos.

O perpetrado por turcos ao matarem 1,5 milhão de armênios entre 1915 e 1923.

O Holocausto, quando o nazismo vitimou seis milhões de judeus, além de outros tantos soviéticos, democratas e socialistas, antes e durante a Segunda Guerra Mundial.

E o ocorrido em Ruanda em 1994, quando num conflito étnico hutus assassinaram entre 500 mil e um milhão de tutsis.

Não há, no Brasil, situação semelhante. E, repito, isso não significa desconhecer a violência contra os pobres, majoritariamente negros, nem a existência de racismo, o mais repulsivo comportamento que um ser humano pode ter em relação a outro.

É positivo que negros, mulheres, gays tragam suas pautas específicas para o debate. O chamado "lugar de fala" e a ampliação dos espaços para a expressão desses segmentos vieram em boa hora. No entanto devem ser entendidos como mais espaços para que eles se expressem, mas sem calar outros segmentos. Até porque a adesão a suas bandeiras só fortalece a luta contra a discriminação.

Vivemos numa sociedade de classes e os negros são a maior parte da massa de trabalhadores. Como há um imenso exército de reserva de trabalhadores, a eliminação de uma parcela desse segmento não traz grandes problemas econômicos para as classes dominantes. Daí a vida de pobres e negros valer tão pouco.

Marielle Franco era negra, mulher e bissexual. Mas quase certamente foi morta por denunciar a violência policial contra os pobres. Dentre estes, a maioria é de negros, mas há mestiços e descendentes de indígenas ou de nordestinos, também alvos da violência contra os pobres, devido ao apartheid social.

Essa questão às vezes é mal compreendida. Houve quem acusasse o PSol de racista e machista pelo fato de Marielle não estar com seguranças. Ou que vaiasse o senador Lindberg Farias por ele, homem e branco, discursar num ato depois da morte da Marielle.

Não é esta a melhor forma de se enfrentar a discriminação. A luta contra a discriminação não é só de negros, mulheres ou LGTBs.

É da Humanidade.

(3/4/2018)

Entrevista de um general ex-comandante do DOI-Codi a respeito da minha prisão

[ESTE DEPOIMENTO DO general José Antônio Belham – que afirmou ter sido, quando major, lotado no DOI-Codi (Departamento de Operações Internas – Comando Operacional de Defesa Interna do Rio de Janeiro) no momento da minha prisão e, posteriormente, ter chefiado aquele centro de torturas – foi publicado no site Uol e na "Folha de S. Paulo (24/8/2014). Ele tem muitas imprecisões. A começar pelo fato de que, ao contrário do que diz, quando fui preso ele não era comandante do DOI-Codi. É só conferir: segundo suas próprias palavras, Belham assumiu esse comando em outubro de 1970. E eu fui preso em 21 de abril de 1970, cinco ou seis meses antes, portanto.]

[Na matéria o general fala também do contato que teve com presas políticas. Acho pouco verossímil muito do que ele diz. Mas deixo ao largo essa parte de sua entrevista. Vou me limitar aqui aos pontos em que fui citado, corrigindo imprecisões ou inverdades. Quem quiser ter acesso direto ao texto integral no portal UOL, pode acessá-lo no site*. Nele há, inclusive, uma parte em áudio e a voz de Belham

* (https://m.folha.uol.com.br/poder/2014/05/1459327-belham-relata-dialogos-com--presos-politicos.shtml?origin=uol)

pode ser ouvida. Às vezes a matéria fica meio estranha, porque o general vai e volta. Mas preferi deixá-la tal qual está no site. Vamos a ela]

"O general refere-se a Cid Benjamin como um homem forte, professor de judô, caratê. Tão forte e bom de briga que três equipes foram escaladas para prendê-lo."

[Comentários meus: Efetivamente pratiquei judô na minha juventude. Ainda adolescente, fui campeão ou vice dos campeonatos cariocas de adultos nas faixas verde, roxa e marrom na minha categoria de peso. Fui, também, campeão brasileiro juvenil (até 18 anos). E, mesmo ainda com faixa marrom (a anterior à preta) na cintura, pelo fato de ter sido campeão brasileiro juvenil, fui convidado para participar da eliminatória para selecionar os dois representantes do Estado do Rio que disputariam a eliminatória nacional para os Jogos Pan-Americanos de Winnipeg, no Canadá, em 1967. O objetivo do convite era que ganhasse experiência, mas cheguei em primeiro lugar. Porém, em seguida, contraí mononucleose e não pude disputar a eliminatória nacional. É verdade, portanto, que era bom no judô. Mas nunca pratiquei caratê.]

[Na época tinha entre 70kg e 75kg e 1,71m de altura. Assim, é exagero afirmar que eu era especialmente grande e forte.]

[Não sei quantas equipes do DOI-Codi participaram da minha prisão, mas no total eram em torno de 20 agentes à paisana, que se espalharam por toda a área do ponto que eu deveria cobrir e no qual fui preso. Havia a preocupação em me prender vivo, para que fosse interrogado, e praticamente todos os agentes participaram da briga no momento da captura. Deve ser levado em conta o fato de que eu sabia que, preso, não seria levado exatamente para uma colônia de férias. Sabia exatamente o que me esperava. Daí a minha encarniçada resistência. Segue a matéria da "Folha" contando o que Belham narrou.]

"O general conta que Cid Benjamin chegou ao DOI com dois ferimentos, de coronhadas, na cabeça. Sem anestesia no DOI, Belham afirma que ofereceu a Benjamin a possibilidade de escolher entre [...] ser levado a um hospital ou fazer a sutura sem anestesia no próprio DOI-Codi. 'Quero que o senhor me faça um favor, me ceda um cigarro.' Acendi, ele deu duas tragadas e disse que estava pronto. O Jacarandá, o major do Corpo de Bombeiros Valter da Costa Jacarandá, que [...] cuidava dos presos feridos, costurou e Cid só trancava os dentes. Era um cara muito forte, recebia muito bem a dor."

[Bom, deixemos de lado o patético que é o chefe de um centro de torturas afirmar que um determinado preso "recebia muito bem a dor", mesmo que, naquela frase, ele se referisse apenas ao fato de eu estar sendo costurado a frio. Vamos aos dados objetivos. Não é verdade que eu tivesse apenas dois ferimentos. Na briga, os agentes usaram os fuzis para me desferir coronhadas e tentar me dominar. Como resultado, acabei com a cabeça totalmente ferida, o que me fez levar entre 15 e 17 pontos para que os muitos ferimentos fossem fechados.]

[É fato que chegou a ser aventada, pelos militares, a possibilidade de me levar ao Hospital Central do Exército (HCE). Não porque faltasse anestesia no DOI-Codi, mas porque eu estava perdendo muito sangue e talvez tivesse que receber uma transfusão. Não procede a história de que me foi oferecida a possibilidade de ser levado para um hospital. Aliás, quem conhece minimamente o DOI-Codi sabe que essa pergunta jamais seria feita a um preso. E, se fosse, só se ele fosse um louco, estando ferido, preferiria ser tratado no DOI-Codi.]

[Como era um feriado, dia 21 de abril, não havia médico de plantão no quartel. Convocaram o tenente médico Amilcar Lobo, que me costurou a cabeça. Efetivamente foi a frio. Mas, para quem estava sendo torturado, não chegou a ser um mau negócio.]

[Não sei de onde Belham tirou essa história de que o major bombeiro Valter Jacarandá tratava dos presos feridos. Nas diferentes vezes em que fui atendido no DOI-Codi, foi sempre por um dos dois tenentes médicos - Amilcar Lobo ou Ricardo Agnese Fayad -lotados no quartel da Polícia do Exército (PE), da Rua Barão de Mesquita, na Tijuca, onde funcionava aquele centro de torturas. Segue Belham falando.]

"Boneschi (José Paulo Boneschi, um experiente policial civil lotado no DOI-Codi) era ligado ao pessoal da PE. Teve uma prisão de que ele participou. Foi a do Cid de Queiroz Benjamin. Cid Queiroz é um homem forte. Era professor de judô, caratê. Ele tinha um ponto na Dias da Cruz com Vilela Tavares, numa padaria. Levamos três equipes porque o homem era forte, brigava bem. E tinha esse cara, Boneschi, que era grande, mas meio flácido e um outro rapaz da equipe da PE, um escurinho. O nome dele eu não sei. Mas o sargento viu a fotografia e disse: 'Olha o homem aí'. O Boneschi disse: 'Deixa comigo'. E deu uma gravata nele. Eu não estava lá, mas me contaram depois. Pois ele só num movimento de pescoço jogou o Boneschi por cima. Ele foi lá em cima do negócio dos doces. Pra pegar o homem foi preciso que as três equipes viessem. Ele teve duas coronhadas."

"Quando chegou ao DOI eu estava lá. Chegou num fusca, que era pra quatro, tinha sete. Me mostraram o homem, eu olhei e disse: 'Dá um banho, providencia roupa limpa pra ele pra depois conversar.' Deram um banho nele, roupa limpa. Eu disse: 'Você está com duas brechas na cabeça, vai precisar costurar. Vamos costurar?' 'Vamos'. Aí veio esse rapaz, esse bombeiro, Jacarandá. Ele veio com o material de sutura e disse: 'Major, não temos anestesia'. Eu disse [...]: Não tem anestesia. Quer esperar e ir pra um hospital pra fazer, ou quer fazer sem anestesia? 'Quero fazer sem anestesia. Só quero que o senhor me faça um favor, quero que o senhor me ceda um cigarro (na época eu fumava)'. Dei um cigarro pra ele, acendi. Ele deu duas tragadas e disse: 'Estou pronto'. Aí o Jacarandá suturou. Ele era um cara muito forte, recebia muito bem a dor."

[É um festival de imprecisões. Não pedi cigarro a Belham, por uma simples razão: nunca fumei. Efetivamente um dos agentes me agarrou numa gravata por trás e eu o arremessei por cima da minha cabeça com um golpe de judô. A queda dele de costas no balcão de vidro da padaria realmente espalhou doces, pães e tudo o mais. Claro que não foi com um simples movimento de pescoço. Só se eu fosse o Super-Homem. Os agentes vieram todos e começou a briga. Depois de algum tempo conseguiram me encurralar contra um Aero-Willys (e não um fusca) que estacionaram com as portas abertas em cima da calçada, junto à padaria, e me derrubaram para dentro do carro.]

[Chegando no pátio do quartel da Polícia do Exército, continuaram todos (de fato, talvez uns sete ou oito) me segurando dentro do carro, enquanto tentavam me algemar pelos tornozelos. Como as algemas não fechavam, alguém ordenou que fossem buscadas as cordas usadas para amarrar os presos no pau-de-arara. Queriam me levar amarrado e carregado, para que eu não brigasse mais. Considerei que preso eu já estava e que, a partir dali a questão era não dar informação a eles. Perguntei quem estava comandando a operação e um major paraquedista se apresentou. Eu disse que iria caminhando. Fizeram uma grande roda dando as mãos uns aos outros e me levaram, no meio dela, já algemado com as mãos às costas para um prédio baixo, de dois andares, o Pavilhão de Investigações Criminais (PIC), onde funcionava a parte operacional do DOI-Codi e aconteciam as torturas.]

[Na briga, perdi a pasta em que levava uma pistola calibre 45, além dos óculos, da camisa e dos sapatos (que eram de estilo mocassim). Fiquei apenas com as calças, assim mesmo rasgadas.]

[Fui recebido com pancadas no PIC e, logo, me arrancaram o que restava de roupa e começaram os choques elétricos nos órgãos genitais.]

[Isso que Belham fala de mandar que me dessem um banho e me vestissem roupa limpa é invenção. Na maior parte das vezes os presos eram torturados sem roupa. E não houve qualquer preocupação em que eu me lavasse. Ao contrário: algumas vezes, com a intenção de me impressionar eles buscavam um espelho para que eu visse o sangue espalhado e coagulado no meu rosto.]

[Quando o tenente médico Amilcar Lobo chegou, examinou minha pressão e o meu coração, me costurou a cabeça e, em seguida, continuaram os choques. Depois de um tempo, imobilizaram um dos meus braços e Lobo me aplicou pentotal sódico, o tal soro da verdade.]

[Nessa hora, o líquido vai sendo injetado aos poucos e os interrogadores começam a tratar de coisas sem importância. A fala do preso fica pastosa, a cabeça roda e, de repente, são feitas perguntas sobre o que de fato interessa aos interrogadores. Mas, se exageram no pentotal, o preso dorme. Por isso não é um método infalível. Percebi o jogo, exagerei o efeito da droga e repeti coisas desconexas ou mentiras que já estava contando com os choques.]

[Aconteceu, porém, algo curioso. Os interrogadores supunham, com razão, que a chave que foi encontrada comigo era do meu local de moradia. "Uma chave abre uma porta", diziam, numa lógica inquestionável. Comecei, então, a dar endereços falsos. Mas, grogue pelo pentotal, em certo momento descrevi como sendo a minha moradia um lugar absolutamente inverossímil: uma mansão nas imediações do que hoje é chamado de Jardim Pernambuco, do lado direito de quem vai em direção à praia do Leblon, perto da Rua Visconde de Albuquerque. Ali só existem casarões da alta burguesia. Não tenho a menor ideia da razão pela qual me veio à cabeça aquela mansão. O fato é que, enquanto em continuava sendo torturado, saiu uma equipe com a chave.]

[Para minha surpresa, em certo momento, pelo meio da madrugada, mas ainda não de manhã e sem que a questão da chave voltasse a ser tratada, me puseram numa cela solitária. Dias depois me disse um major: "Mandei te dar um banho frio pra você ver em que merda estava metido e o quanto ia apanhar ainda. Não adiantava interrogar um cara que respondia te mandando tomar no cu."]

[A tortura recomeçou no dia seguinte de manhã e ninguém me falava mais da chave. Fiquei intrigado.]

[Quando, já tendo transcorrido com sobras o tempo combinado para que as pessoas que moravam comigo deixassem o local em que vivíamos (pelo combinado, se eu não chegasse até as 22h da véspera, eles deveriam sair do local, mas por precaução ganhei mais tempo), no fim da tarde/início da noite do dia seguinte, depois de muitas horas de choques elétricos me dispus a mostrar onde era o aparelho em que morava. Mas me recusei a dar o endereço, para que não continuasse a ser torturado enquanto uma equipe era mandada ao local. Quando eles quiseram saber da chave que abriria a porta, informei que estava com eles desde a véspera. Foi um enorme alvoroço. Saíram correndo uns dois ou três torturadores para dar essa informação a alguém.]

[A conclusão a que cheguei é que a chave do meu aparelho abriu alguma porta na mansão...]

[Essa história da briga na minha prisão deu pano para mangas. Foi muito comentada no próprio DOI-Codi e deu margem a versões as mais variadas. Foi utilizada por um promotor militar numa sessão de julgamento em que eu estava na auditoria do Exército para que não fosse autorizado um exame de corpo de delito que pudesse constatar se as marcas que eu denunciava eram consequência de torturas. Mas algumas das marcas a que me referi nas denúncias que fiz naquela corte eram de queimaduras, inclusive nos órgãos genitais, resultantes de choques elétricos fortes e prolongados, dados com os fios amarrados no corpo. Não poderiam ter sido fruto de pancadas na briga.]

[Posteriormente, uma companheira, Regina Toscano, naqueles dias internada no Hospital Central do Exército, me contou que ouviu queixas de um integrante do DOI-Codi que foi se tratar no hospital. Ele teria perdido dois dentes devido a um soco meu. Segundo Regina, foram também testemunhas dessa queixa do agente outras três presas: Maria Dalva, Vera Sílvia Araújo Magalhães e Abigail Paranhos. As duas últimas já faleceram.]

[De fato, me lembro perfeitamente de ter acertado em cheio um sujeito que vinha com o fuzil para me golpear a cabeça. Depois achei até que tinha quebrado a mão, que inchou bastante.]

(24/8/2014)

Guerrilheiro que participou de sequestro do embaixador diz que, "pessoalmente", perdoa torturadores, mas quer que eles sejam julgados

Entrevista a Geneton Moraes Neto

"TRANSCRIÇÃO PARCIAL, postada na internet pelo site G1, das Organizações Globo, de entrevista dada ao jornalista Geneton de Moraes Neto na GloboNews, pelo ex-guerrilheiro Cid Benjamin, um dos "cabeças" do mais surpreendente golpe desferido contra a ditadura militar: o sequestro do embaixador dos Estados Unidos no Brasil.

"O plano dos sequestradores deu certo: a Junta Militar que, na época, governava o país libertou 15 presos políticos, em troca da vida do embaixador. Os guerrilheiros também exigiram que fosse lido, nas rádios e na TV, um manifesto denunciando a ditadura. Assim foi feito. A "linha dura" engoliu um sapo gigantesco.

"Há uma história que ainda não foi totalmente contada: como foi exercida a pressão do governo americano sobre os militares brasileiros para que a vida do embaixador fosse salva. Parece óbvio que o governo americano disse, em resumo, o seguinte: aconteça o que acontecer, queremos o embaixador vivo. É o que aconteceu.

Charles Elbrick saiu da aventura com uma ferida na testa – resultado da coronhada que recebeu na hora em que era capturado. Mas a operação poderia ter acabado em tragédia. Os guerrilheiros que sequestraram o embaixador estavam dispostos a reagir se os chamados "órgãos de segurança" descobrissem e invadissem o cativeiro – uma casa na Rua Alice, em Santa Teresa, no Rio. Numa possível invasão, haveria baixas dos dois lados. É possível imaginar o tamanho da crise que se abriria nas relações entre Brasil e EUA se o embaixador voltasse para casa, em Washington, para ser sepultado.

"Cid Benjamin terminou preso, meses depois do sequestro. Passou por sessões de tortura – a que não faltaram cenas de "humor negro". Ao acionar o mecanismo que provocava choque no prisioneiro, torturadores repetiam o bordão que Chacrinha tornara famoso na TV: "Roda, roda, roda....".

"Além dos choques elétricos, Benjamin foi pendurado no pau-de-arara. Torturadores aplicaram-lhe "telefone" – o que o fez perder, parcialmente, a audição de um dos ouvidos. Também levou injeção: uma aplicação do chamado "soro da verdade".

"Hoje, ele faz, sobre os torturadores, uma declaração que pode provocar alguma surpresa. Diz que, ao contrário do que pode sugerir a imagem caricata, os torturadores não pareciam ser necessariamente "monstros". Pelo contrário: entre eles, havia gente que parecia ser perfeitamente normal, pacatos pais de família capazes de cometer atrocidades indescritíveis. Pareciam encarnar a "banalidade do mal".

"Demorou, mas Cid Benjamin terminou reunindo em livro suas memórias, em 2013. Título: "Gracias a la Vida".

"A seguir, um pequeno trecho da entrevista que irá ao ar no Dossiê GloboNews:

"Geneton: Hoje, tanto tempo depois, qual é a visão que você tem sobre os torturadores?

"Cid Benjamin: "O que me chamou atenção é que não necessariamente eles eram monstros. Eu não tinha lido Hanna Arendt – que, no livro que fez sobre Adolf Eichmann, chegou à conclusão de que ele era 'horrivelmente normal', depois de ter cometido aquelas atrocidades todas sob o nazismo. Evidentemente, o cidadão que tem como parte do trabalho a tarefa de torturar pessoas tem a personalidade deformada por esta prática. Com o tempo, ele deixa de ser uma pessoa normal – mas me chamava atenção, desde aquela época, o fato de que nem todos os torturadores se enquadrariam diretamente naquela coisa de monstros."

"Eu imaginava que alguns dos torturadores podiam ser bons pais de família, bons vizinhos, torcer por time de futebol, fazer um churrasco com os amigos e, no entanto, torturar pessoas. Nem todos eram assim, claro: havia psicopatas, havia sádicos, havia profissionais – como policiais mais antigos que torturavam presos comuns e passaram a torturar presos políticos. Aquilo, para eles, não afetava o dia-a-dia. Era como se fossem tomar o café da manhã e, depois, almoçar.

"Havia militares imbuídos da coisa da Guerra Fria. Achavam que estavam numa guerra. Também havia militares que torturavam e diziam ao preso: 'Eu respeito você: você é um inimigo respeitável'. E torturavam o sujeito! É uma multiplicidade muito grande de personalidades. Nem todos podem ser enquadrados assim: 'É um monstro – que tem a vida social de monstro'. Isso não é passar a mão na cabeça dos torturadores. É muito mais grave que seja assim: que pessoas aparentemente normais sejam capazes de torturar. Isso é mais grave.

"Não estou passando a mão na cabeça de ninguém ao fazer esta constatação! Mas é uma constatação real. É um fato. O ser humano é capaz dos gestos mais nobres e dos mais ignóbeis. Isso é parte da natureza humana. É bom que a gente tenha consciência desse fato. Não se iluda. Porque seria mais cômodo dizer: 'Quem tortura é monstro'. Não é assim. A sociedade em que vivemos é uma sociedade que não aboliu inteiramente a tortura. Não criou a consciência de que a tortura é algo abominável. É uma sociedade que permite que pessoas com uma vida relativamente normal sejam torturadoras. Isso é dramático!

"Em relação a rancor e ódio: não tenho – inclusive em relação aos que não se arrependeram. É preciso abrir os arquivos das Forças Armadas sobre a repressão política, desvendar tudo o que aconteceu, trazer tudo à tona – muito mais para criar anticorpos na sociedade para que coisas assim não se repitam. Eu poderia perdoar todos os meus torturadores. Mas acho que eles devem ser punidos – não por mim, nem pelo meu caso, mas porque o futuro da tortura está ligado ao futuro dos torturadores. Talvez se os torturadores da ditadura tivessem sido punidos, Amarildo estivesse vivo.

"Tortura é um crime de lesa-humanidade. Não pode prescrever. Torturadores têm de ser levados a julgamento

– não só os que executaram as torturas diretamente, mas a cadeia de comando toda. Não é com a preocupação de quem olha para trás, mas com a preocupação de quem olha para frente. A democracia precisa disso – para que seja solidificada e para que se criem condições para que a tortura não se repita".

"Geneton: Para ser bem direto: você então perdoa os torturadores?

"Cid Benjamin: "Pessoalmente, sim. Politicamente, quero que eles sejam julgados. Os que forem condenados que cumpram a pena".

(DEZEMBRO DE 2013)*

* (https://g1.globo.com/platb/geneton/2013/12/)

DA SÉRIE

Historinhas dos anos chumbo

O mistério do sovaco preto.

NO INÍCIO DA DÉCADA DE 1970, César, meu irmão, foi preso. As visitas da família eram rigorosamente controladas e não se podia falar livremente.

Certa vez, num dia em que foi levado à auditoria militar, César conseguiu ter uns instantes a sós com a nossa mãe, química de profissão, e pediu-lhe que providenciasse tinta invisível, para que ele pudesse se comunicar com companheiros em liberdade.

Na visita seguinte, ela levou a tinta pedida num recipiente de desodorante. Mas não teve como avisar ao César o que era o conteúdo do frasco.

Na semana seguinte, César reclamou: "Mãe, que diabo de desodorante é esse que você me trouxe? Quando faço ginástica, fico com o suvaco todo preto"

Ela não teve como responder na hora.

Só depois César soube que a tinta invisível estava no recipiente do desodorante e ficava visível quando submetida ao calor.

Com a ginástica, o corpo de César se esquentava e a tinta aparecia.

Projeto Ficha Limpa: caminho equivocado

PARTICIPO DA REVOLTA contra a corrupção que - sai governo, entra governo - parece crescer a cada dia.

Participo da indignação diante do fato de políticos usarem o mandato para escapar da punição por seus crimes.

Assim, compreendo o apoio popular ao projeto de lei que impede a candidatura dos chamados "fichas sujas" - assim entendidos como quem tem condenação por órgão colegiado da Justiça, mesmo que não transitada em julgado.

Não creio, porém, que este seja o caminho.

Primeiro, porque o projeto é inconstitucional, ignorando o princípio da presunção da inocência até que haja condenação transitada em julgado.

Mas minha objeção não se deve só a aspectos legais.

O Brasil não é apenas Rio e São Paulo (se é que aí o Judiciário está isento de influências espúrias...). A aprovação do projeto significou dar poder de veto de candidaturas às oligarquias regionais, que controlam a maioria dos Tribunais de Justiça e os Tribunais Regionais Eleitorais. Lembro dois exemplos recentes.

Jackson Lago, governador do Maranhão, perdeu o mandato por decisão de um tribunal local, cedendo o lugar a Roseana Sarney, que chegou em segundo lugar na eleição.

O senador João Capiberibe, do Amapá, teve o mandato cassado por "abuso de poder econômico". As provas? Duas eleitoras afirmaram ter recebido R$ 26 para votar nele. Em seu lugar entrou alguém do grupo de Sarney.

Não se pense que a situação em outros estados do Norte, do Nordeste ou do Centro-Oeste é muito diferente da do Maranhão ou do Amapá.

Assim, o caminho para barrar candidatura de corruptos deve ser outro: rapidez nos julgamentos, por meio de reformas no Judiciário. O que tem uma vantagem adicional: não apenas impediria a candidatura dos corruptos, mas faria com que fossem condenados e presos.

(24/5/2010)

Uma Mata Hari em terras suecas

EM MEADOS DE 1979, quando já tinha sido acordado entre a ditadura e a oposição parlamentar o texto da Lei da Anistia, que seria votado no segundo semestre, recebi em minha casa em Estocolmo, Suécia, o telefonema de uma brasileira que se dizia conhecida da minha família no Brasil.

Ela afirmou conhecer meu pai, que seria vizinho de sua mãe, num prédio de Copacabana, e teria encomendas tanto dele, como do meu irmão César. Este último tinha sido exilado, mas regressara ao Brasil no início de 1979, antes da anistia, porque não respondia a processos por ter sido preso ainda menor de idade.

Combinei com a moça que ela viria à minha casa para entregar as encomendas, que seriam livros e discos de música brasileira.

Quando ela conferiu comigo o endereço, vi que tinha um antigo, e não o da minha atual residência. Como ela afirmou que tinha sabido do endereço pelo César, que já tinha o novo, estranhei. Guardei a pulga atrás de orelha, mas lhe dei o novo endereço.

Marcada a sua visita, a moça apareceu com um sueco grande e forte, como toda a pinta de *hooligan* - esses torcedores violentos do futebol inglês. Ela o apresentou como um primo sueco. De fato, o cidadão não falava nada de português.

A moça, muito bonita e vistosa, já na apresentação, ainda na porta, me deu um beijo que não foi bem na bochecha, mas à meia boca.

Sentamos na sala do apartamento Astrid, a chilena que era minha companheira; a tal moça; seu "primo sueco"; e eu.

Um certo sexto sentido me fez desconfiar ainda mais da figura. Comecei, então, a servir para ela e o "primo" meu estoque de bebidas, que era bastante bom. Tomamos, então, uísque, vodca e rum cubano em grande quantidade.

Lá pelas tantas, ela disse que tinha outro assunto, reservado, a tratar comigo e perguntou se poderia dormir na minha casa, liberando o "primo" para que ele fosse embora. Concordei.

Começou, então, uma conversa incrível.

"Não vim aqui a passeio. Estou numa missão. Sou dirigente de uma organização revolucionária brasileira que tem um número grande de militantes em armas (disse lá um número que não me lembro qual foi)".

Afirmou querer conversar comigo sobre essa organização e estar, também, interessada em contatos com Cuba (ela sabia que eu tinha estado lá) e com a Anistia Internacional.

A essa altura, minhas suspeitas iniciais já eram certezas, mas continuei dando-lhe bebida e corda para que falasse mais. A profusão de mentiras da moça, cada vez mais loquaz, se avolumava. Bem mais tarde a moça, depois de muitos copos e outras tantas lorotas, ela sugeriu que fôssemos dormir. Eu então lhe disse:

"Minha filha, você não vai dormir aqui. Você é cana e eu não gosto de canas. Aliás, pode dizer a quem te mandou aqui que ele foi um irresponsável. Se eu fosse uma pessoa violenta te botaria pra fora de casa a pontapés. Como sou civilizado, você é uma dama, não fala sueco e já estamos de madrugada, me ofereço pra te pedir um táxi.

A moça me fuzilou com os olhos, mas aceitou o oferecimento. A Astrid, que não era boba e tinha experiência de militância política, me disse depois que teve a impressão de que a aprendiz de Mata Hari me mataria naquele momento.

Conseguido um táxi para a moça, peguei o telefone e liguei para o César, acordando-o:

"Cara, como é que você me manda uma policial trazendo um livro com uma dedicatória tua?"

Ele respondeu, rindo: "Desconfiei dela e dei teu endereço antigo. Mas, de fato, a mãe dela é vizinha de porta do nosso pai."

Resultado: em poucos dias meu pai me ligou dizendo que a mãe da moça tinha lhe dito que houvera um mal-entendido com a filha na Suécia. Mas, no prazo de dez dias, se mudou de endereço.

(FATO OCORRIDO EM JULHO DE 1979)

Composto em FreightText Pro
pela Officio para a Almedina Brasil.
Barra do Sul, Ilha de Santa Catarina,
agosto de 2023.